目次

上巻　目次

主な登場人物

池田定六……オリエント・レディ創業者、会長
田谷毅一……オリエント・レディ社長
菅野美幸……オリエント・レディ技術顧問（役員待遇）
塩崎健夫……オリエント・レディ部長（地方百貨店営業担当）
八木沢徹……オリエント・レディ社員（札幌支店）
堀川利幸……同（のちマーチャンダイザー）
鹿谷保夫……同（経営管理担当）
亘理夕子……同（デザイナー）
甲賀雪彦……デザイナー
唐さん……上海の不動産屋の社員（のち堀川の秘書兼アシスタント）
佐伯洋平……東西実業社員（アパレル部門）
烏丸薫……海猫百貨店社員（婦人服売り場主任）
藤岡真人……同（婦人服売り場担当）
湊谷哲郎……伊勢丹新宿店バイヤー
古川常雄……古川毛織工業二代目社長
古川裕太……古川毛織工業専務

本書は、二〇二〇年二月、岩波書店より刊行された『アパレル興亡』を文庫化にあたり、上下二巻として再編集しました。

初出　『世界』二〇一七年九月号～二〇一九年八月号

・一部実在の人物や団体が登場しますが、内容はフィクションです。
また、登場人物の人間像は、すべて著者の創作です。
・柿ノ塚村は架空の地名です。

本文デザイン／森裕昌（森デザイン室）

アパレル興亡 下

黒木　亮

集英社文庫

アパレル興亡

下

第六章　ジャパン・アズ・ナンバーワン

1

一年五ヶ月後（昭和五十五年八月）――

東京の都心では、燃えるような太陽が照り付け、地上に近い風景が陽炎（かげろう）で揺れる中、人々が日傘をさしたり、流れ落ちる汗をハンカチで拭（ぬぐ）ったりしながら、黙々と通りを歩いていた。

地下鉄千代田線の乃木坂駅から歩いて三分の青山葬儀所（港区南青山二丁目）に、黒と白の幕が張り巡らされ、石造りの正門から緑色の屋根の葬儀所まで延びる緩やかなスロープに、喪服姿の人々が長蛇の列を作っていた。

南無喝囉怛那（なむからたんのー）　哆羅夜耶（とらやーやー）

南無阿唎耶　婆盧羯帝
爍鉢囉耶　菩提薩跢婆耶
摩訶薩跢婆耶　摩訶迦嚧尼迦耶
唵薩皤囉罰曳　數怛那……

葬儀所のさらに先にあるホール（式場）で、僧侶たちの読経の声が天井の高い空間に響いていた。

正面奥に白菊で飾られた大きな祭壇が設けられ、中央に黒いリボンのかかった池田定六の遺影が飾られていた。眼鏡をかけ、口を真一文字に結び、やや上を向いた顔は、常に時代に挑み続けた事業家らしい表情である。

池田は、年明け頃からひどい疲れを訴えるようになり、五月に倒れて意識不明になった。聖路加国際病院で精密検査をしたところ、重度の肝硬変と食道静脈瘤が発見された。その後、同病院に入院し、夫人が献身的に看護したが、静脈瘤が破裂して亡くなった。六十五歳だった。

社員たちは「長年の激務と酒のせいずらな」「ああ。まったく。企業戦士の死ってこんだな」と話し合った。

式場には礼服姿の百数十人の来賓が詰めかけていた。前列左端には三越の岡田茂社長、真ん中あたりに三和銀行の川勝堅二副頭取がすわっていた。イトーヨーカ堂の伊藤雅俊社長は通夜にも焼香に訪れ、これら以外にも著名財界人がずらりと顔を揃えた。河本敏夫経済企画庁長官、永野重雄日本商工会議所会頭、小寺新六郎日本紡績協会会長などからは弔電が届いた。

読経が終わると、葬儀委員長の田谷毅一が立ち上がり、遺影の前に進んだ。

「本日ここに株式会社オリエント・レディ取締役会長、故池田定六殿の社葬を執り行うにあたり、葬儀委員長田谷毅一、謹んでご霊前に弔辞を捧げます」

黒い礼服姿の田谷は、祭壇のマイクの前に立ち、巻紙に墨で書かれた弔辞を読み始める。

「……顧みまするに、あなたは六十五年のご生涯のほとんどすべてを婦人服業界のために捧げ、国民生活の向上に寄与された功績は絶大なるものがあり……」

弔辞を読む田谷の後ろ姿に、厳しい視線を注ぐ人々がいた。

池田の家族や腹心の元専務で、田谷が謀略によって池田から社長の座を奪ったことが、死を早めたと考えていた。

田谷は、棘のような視線を分厚い背中で撥ね返そうとするかのように、淡々と弔辞を読み上げてゆく。

「……池田会長、あなたの多年にわたるご指導に心から感謝申し上げますとともに、社業を一層隆盛させることをお誓いし、お別れの言葉といたします」

田谷は弔辞を折り畳んで祭壇に置き、池田の遺影と会葬者たちにそれぞれ一礼して自分の席に戻る。

続いて、友人代表の徳末知夫帝人社長、日本百貨店協会会長を務める古屋徳兵衛松屋会長、東京婦人子供服工業組合理事長を務める戸賀崎繁男東京ブラウス社長らが弔辞を読んだ。

昭和三十年代後半から池田と二人三脚で日本の婦人服業界に数々の革新をもたらし、今はデザインの総責任者を後任に譲ってアドバイザー的な仕事をしている菅野美幸は、社員席で弔辞を聞きながら、退社の意思を固めた。


数日後——

千代田区九段南の本社社長室で、田谷毅一は総務部長を呼びつけた。

「社長、お呼びでしょうか？」

風貌も人柄も地味な総務部長は、大きな社長のデスクの前で畏まった。

室内は空調が快適に効き、白いブラインドごしに夏の明るい日差しが差し込んできていた。

「あの額を外してくれんか」

田谷は顎をしゃくり、室内の一方の壁を示した。

そこには、「春風をもって人に接し　秋霜をもって自ら慎む　よく汝の店を守れ　店は汝を守らん　信用は信用を生む」という墨書の額がかかっていた。

「えっ、あれを外すんですか!?」

神田東松下町時代から池田定六が大切にしてきた社訓で、社内では戦前の御真影のように神聖視されてきた。

「そうだ。すぐに外せ」

田谷が有無をいわせぬ口調で命じた。

その左手首には、文字盤に十個のダイヤモンドをはめ込んだ、ロレックスの金時計が巻き付けられていた。池田の目の前では決してしなかった贅沢品だ。

「はっ……はい。かしこまりました！」

総務部長は急いで部下を呼び、二人がかりで額を外し始める。

「社長、この額はどういたしましょうか？」

外した大きな額を手に、総務部長が恐る恐る訊いた。

「そうだな……。今すぐ捨てると、化けて出るかもしれんな。倉庫にでもしまっておけ」

「かしこまりました」

二人が退出すると、田谷はデスクの引き出しの一つを引き、じっと視線を落とす。

引き出しの中には、小さなビニール袋に入れたガラスや金属の破片が入っていた。

東松下町時代、首都圏のデパートを担当する課長だった三十一歳のとき、池田に金づちでバラバラに叩き壊された金時計の破片だった。

(俺の天下がきた!)

田谷は血走った眼をかっと見開き、宙を睨んだ。

たとえ社長になっても、創業者で最大の株主である池田がいる限り、いつなんどき地位を追われるか分からなかった。

しかし、その池田は永遠に姿を消した。

池田亡きあとも、オリエント・レディの業績は順調に推移した。この年(昭和五十五年度)は、売上げ五百二十八億円(前年比一一パーセント増)、経常利益は七十四億円(同一三パーセント増)で、自己資本比率は七割を突破した。

しかし、売上げは、レナウン(二千五十八億円)、樫山(千五百四億円)、ワールド(七百八十億円)、イトキン(六百二十六億円)、三陽商会(五百八十一億円)の後塵を拝し、相変わらず業界六位だった。

五年前に、売上げでオリエント・レディにいったん抜かれた三陽商会は、盤石のコート販売に加え、「ミスター・サンヨー」やバーバリーの紳士服、コート以外の婦人服、輸出などに注力し、再逆転した。この年（昭和五十五年）、同社は、バーバリー社とのライセンス契約を更改し、期間二十年、かつ商品の全アイテムが対象という異例の好条件を獲得した。

一方、収益性の指標である売上高経常利益率（経常利益÷売上げ）では、オリエント・レディが一四パーセントと群を抜いて高く、ワールドとほぼ肩を並べ、樫山（八・五パーセント）、レナウン（五・七パーセント）、三陽商会（四・九パーセント）を大きく引き離した。

それから間もなく――

オリエント・レディの営業マン、堀川利幸は、夕方、名古屋の名鉄百貨店本店の婦人服売り場で、地方の百貨店営業を担当している塩崎健夫（たけお）を迎えた。

田谷軍団の若頭格の塩崎は、三十代半ばすぎという若さで部長に抜擢（ばってき）され、三年後くらいには役員になるといわれていた。一方、堀川は、伊勢丹新宿店の三つの売り場を軌道に乗せたあと、不振だった名古屋地区のテコ入れのため、先日、百貨店第三部に異動し、同地区担当の発令を受けた。

名鉄百貨店本店は、昭和二十九年、名鉄名古屋駅の真上に開店した老舗で、松坂屋名古屋店、名古屋三越栄店、丸栄とともに「4M」と呼ばれる名古屋を代表する百貨店だ。

日曜日の閉店間もない時刻で、販売員や百貨店の担当者が売上げを集計したり、乱れたディスプレイを直したりしていた。

「おい、どうだった、今日のラルフの売上げは?」

塩崎は姿を現すと同時に堀川に声をかけた。

ラルフローレンは、オリエント・レディにとって喉から手が出るほどほしかったブランドで、二年前のサブライセンス契約以来、最も力を入れて販売している。

「すいません……今日は、売上げを落としてしまいました」

すっきりした風貌の堀川はうなだれた。

「あれー、お前、売上げ落としたのお?」

塩崎は痩せぎすの口元を歪めて嗤い、つかつかと歩み寄る。

「この馬鹿野郎!」

パシーンという派手な音がして、長身の堀川がよろめき、そばにいた販売員の女性や百貨店の社員たちが目を丸くした。

「お前、名鉄さんがどれだけ力を入れてラルフを販売して下さってると思うんだ!? 名鉄さんに謝れ!」

「申し訳ございませんでした!」

堀川は気を付けの姿勢で、そばにいた売り場担当の係長に頭を下げた。

「松坂屋（名古屋店）さんのほうは、昨日今日と、もの凄く売上げを伸ばしてんだぞ！お前、恥ずかしくないのか!?」

「申し訳ありません！」

びんたをくらった頬は、それほど痛まない。塩崎のびんたは多分にパフォーマンス的である。百貨店の担当者と営業マンを親しくさせるため、二人を一緒に呼びつけて「百貨店の売り方が上手くないんじゃないのか」と怒ったりすることもある。

「よし、今日はもう帰るぞ」

ひとしきり堀川に説教し、自らも売り場主任に謝罪すると、塩崎は踵を返した。

堀川は売り場主任や販売員たちに頭を下げ、あとを追う。

名古屋駅に着くと、松坂屋名古屋店などを担当している別の営業マンが合流し、三人は東京行きの新幹線に乗った。

塩崎は部長なのでグリーン車に乗れるが、使うのはいつも普通車だ。

「おい、ビール何本ある？」

女性販売員がカートを押して通路をやってくると、塩崎が訊いた。

「ええと、八本あります」

販売員の若い女性が答えた。

塩崎は金を払い、缶ビールを八本買うと、並んですわった堀川ら二人に手渡す。

「じゃあ、飲むぞ。……お疲れさん!」

「お疲れ様でーす!」

三人は乾杯し、缶ビールをぐびぐび飲む。

「なあ、仕事は大変だろうが、うちの会社の将来は、お前たちにかかってるんだからな」

「はいっ!」

「しっかり頑張れよ」

「はいっ!」

堀川は缶ビールを一本飲むと、席から立ち上がった。

デッキに行き、備え付けの公衆電話に百円玉を入れ、番号ボタンをプッシュする。

「ええと、名古屋から午後七時前の新幹線に乗りましたんで、……はい。あと三十分かそこらで、静岡に着くと思います」

電話の相手は、静岡の百貨店を担当している先輩の営業マンだ。

やがて列車が静岡に到着すると、先輩が乗り込んできた。

「おう、ご苦労。ビールでも飲め」

塩崎が声をかけ、堀川が缶ビールを差し出す。社内販売のカートがやってくると、塩崎はまた「何本ある？」と訊き、ありったけのビールを買った。

小田原からも、連絡を受けた営業マンが合流した。

列車が東京駅に到着したとき、時刻は午後九時近くになっていた。

「ようし、これから新宿に飲みに行くぞ」

改札口の一つを出たところで、塩崎がいった。

とっぷりと暮れ、ビル街の明かりが灯るタクシー乗り場で、一行は二台のタクシーに分乗した。

新宿歌舞伎町に着くと、最初に居酒屋で飲み、次にカウンターバーで飲み、その後、ゴールデン街で飲んだ。

飲んでいる最中も、営業マンたちは時々立ち上がって、店の備え付けのピンク電話や近くの公衆電話から、馴染みの店で飲んだりしている百貨店のバイヤーに電話を入れる。バイヤーたちと飲みに行ったりしたとき、店のマッチ箱やライターに印刷されている電話番号をメモして、連絡がつくようにしておくのだ。店内のピンク電話でかけている営業マンは、「すいません、月末なんで、なんとか数字を作らないといけなくて、……はい、ええと、四百万ほど足りなくて、……そこをなんとかお願いします！　お願いしますっ！　頑張って売りますんで！　……えっ、掛け率ですか？　……うーん、分かりました。五十でやります！」と必死で頼み込む。商品の納入価格は、上代（小売価格）に対する掛け率で決まり、通常六五パーセント。営業マンが勝手に値引きすることはできず、課長の承認が必要である。しかし、切羽詰まったときは、夜、オフィスの照明が落ちたあと、課長の机からハンコを勝手に出して伝票に捺す。新人の後輩に、「大丈夫なんですか、そんなことやって!?」と訊かれれば「みんなこうやって偉くなったんだ。商品さえ出しゃ、こっちのもんだ」とうそぶいた。

店を出ると、営業マン四人は塩崎に率いられ、酔っ払いがうろつく路地を抜け、花園神社へと向かった。

一行は、ゴールデン街の出口にある四谷警察署花園交番前の二十二段の石段を上がり、左右に「花園神社」という提灯が下がった小さな石の鳥居をくぐる。

花園神社は、倉稲魂神、日本武尊、受持神の三柱を祀り、徳川家康の江戸開府（一六〇三年）以前から新宿の総鎮守だ。敷地内で定期的に開かれる各種劇団の催し物や十一月の酉の市などで知られている。

時刻は午前二時をすぎ、人影はほとんどない。暗い境内は、大きな欅やイチョウの木々でうっそうと覆われ、神々しくもあり、不気味でもある。

「ほら、お前ら、しっかりお詣りしろ」

朱塗りの立派な社殿の前で、賽銭箱にチャリン、チャリンと硬貨を投げ入れ、塩崎が部下たちに命じた。

白い紙の紙垂が付いた注連縄が張り巡らされた社殿の正面には、金色の文字が浮き彫りされた「雷電神社」「花園神社」「大鳥神社」という三つの額が掛かり、賽銭箱の上に五つの鈴が縄でぶら下がっている。

「なんてお詣りしたらいいかなあ？」

堀川が隣に立った同僚に小声で訊く。

「そりゃあ、お前、ラルフの返品が減りますように、だろ」

「あっ、なるほど！」

堀川は賽銭を投げ入れ、目の前の縄を引っ張って鈴をがらがら鳴らし、柏手を打つ。

(どうかラルフの返品が減りますように……)

「こら、お前ら、もっと頭下げんと、神様は聞いてくれんぞ！」

塩崎に一喝され、一同は慌てて深々と頭を下げる。

「じゃあ、お前ら、今日はこれで寮に帰れ」

境内を出て、元きた石段を下りると、塩崎が財布から一万円札を出した。

「有難うございます！」

営業マンの一人がそれを押し頂く。

四人の若手営業マンは、靖国通りでタクシーを拾って、高円寺の独身寮まで帰った。

ワイシャツもスーツもくたくたで、汗をたっぷり吸いこんで、饐えた臭いを発していた。


翌日——

四人は朝一番に、新宿営業センター五階の百貨店第三部にデスクを構える塩崎のところに行き、「昨日は有難うございました！」と頭を下げ、タクシーの領収証と釣銭を返した。

「ご苦労さん。今日も頑張れよ」

労う塩崎の両目も、酒と寝不足で充血していた。

そのときデスクの電話が鳴り、塩崎は条件反射のように呼び出し音一回で受話器を取った。

「はい、塩崎です。……はい、かしこまりました！　直ちに参上いたします！」

素早く、かつ丁寧に受話器を置くと、急いで背広の上着を着て、営業センターをあとにし、九段南の本社に向かった。

「失礼いたします」

塩崎は本社に到着すると、エレベーターで七階に上り、社長室のドアをノックした。

「おう、ご苦労」

田谷は、デスクでクイック（日経新聞グループの株価・金融情報端末）を叩いて株価を見ていた。

百五十五億円もある会社の余資を運用するのに力を入れており、株や債券に関しても半端ではない知識を持っていた。百五十五億円のうち百億円は現預金、五億円は松下電器（現・パナソニック）やシャープの株式、五十億円は国債、公債、社債、金融債などで運用している。株や債券を買う見返りに、証券会社から転換社債や新規公開株の提供を受け、私腹も肥やしていた。

「実は、MD（エムディー）を一人増やそうと思うんだが、営業の若いのによさそうなのはいるか？」

マーチャンダイザー（略称・MD）は、アパレル・メーカーの生命線である商品企画を担う仕事だ。市場のトレンドや消費者の嗜好（しこう）を収集・分析し、新商品を企画し、展示会を開いてバイヤーの反応を見極め、最終デザインや生産数量を決定し、新商品を市場に投入する。その後は、当該商品の売れ行きや生産量を管理し、販売促進を行う。

オリエント・レディには、二十五くらいのブランドがあり、それを三十〜三十五人のMDが担当している。

「それでしたら、三年目の社員で、堀川利幸というのがおります。今、名古屋の百貨店を担当してますが、ファッションに対するセンスや売れ筋の見通しも確かです」

新入社員は全員営業に配属され、その後、適性に応じて異動になる。塩崎は田谷からの下問に備え、日頃から若手営業マンの特性を見極めるよう心がけていた。

「ほう、堀川っていうのか。根性はあるのか?」

「ガッツはすごいです。それに人柄が明るいので、コミュニケーション能力も優れていると思います」

マーチャンダイザーは、デザイナー、パタンナー、生産部門、営業部門、宣伝部門など、多くの人々と連携しながら仕事を進めるため、コミュニケーション能力も重要である。

「そうか、分かった。人事部長にいって、発令しよう」

ただし結果が出なければ、即クビ(解任)だ。マーチャンダイザーは、会社の業績を直接左右する要職で、仕事の結果は毎回数字で厳しく出る。

「かしこまりました」

塩崎はきびきびと頭を下げる。

「ところで、社長……」

一転して躊躇(ためら)いがちに切り出した。

「ラルフのロイヤリティの件なんですが……あれは、あのう、大丈夫なんでしょうか？」

オリエント・レディは、ラルフローレンの売上げを三割程度過少申告し、ロイヤリティの支払い額をごまかしていた。

「ロイヤリティ？　大丈夫に決まってるだろう。あれがどこから分かるっていうんだ？」

田谷は歯牙にもかけぬ表情。

「はあ、しかし……、担当営業マンは全員売上げを把握しておりますし、どこかから漏れないとも限りませんので……」

ラルフローレンの売上げは、西武百貨店池袋本店を担当する係長が正しい数字を取りまとめ、全国でラルフローレンを担当している営業マン一人一人に知らせていた。田谷はその数字を勝手に減らし、ロイヤリティの支払額をごまかしていた。

「んなもん、漏れるわけないだろ！　つまらん心配する暇があったら、一着でも商品を売るんだな」

田谷がぎろりとした視線を向ける。

頭にあるのは、レナウンや樫山に迫り、ワールド、イトキン、三陽商会を蹴散らすことだけだ。

「だいたい、KANSAIクリエーションみたいなぽっと出に、伊勢丹の売り場をちょろちょろされてどうすんだ!?」

三年前に「ジョリユー」を発表したKANSAIクリエーションは、その後も「イエロー&ベティ」「ナタリー」などの売れ筋を着実に出し、ニコル、BIGI、バツなど、強豪DCブランドが出店する伊勢丹新宿店一階にスペースを確保した。

「はっ、はい! 申し訳ございません!」

必死で頭を下げながら、塩崎は胸中から不安を拭いきれない。

ラルフローレンの婦人服に関するサブライセンス契約には、相手がオリエント・レディの帳簿を見ることができる査察条項も入っている近代的な内容だ。しかし、契約に関する田谷の感覚は、いまだに昭和二十〜三十年代のままで、ごまかせるものはごまかすのが当たり前だと思っている。

2

三年後(昭和五十八年)——

米国マサチューセッツ州の州都ボストンは、ニューイングランド地方の中心地で、一六三〇年に英国から渡ってきた清教徒によって築かれた。市内には古い教会やレンガ造りの建物が多く、歴史と趣のある街並みである。東側は大西洋に面したウォーターフロントで、夕暮れ時はひと際美しい。

大ボストン都市圏内には、ハーバード大学、MIT（マサチューセッツ工科大学）、ボストン大学、ノースイースタン大学、エマーソン大学など、百以上の総合・単科大学があり、東部の一大学術都市になっている。

市内を東西に流れるチャールズ川の近くにある総合大学のカレッジストアの店舗を、三十代半ばの日本人の男がぶらりと訪れていた。

（大きな店舗だな……。学生数は早稲田のほうが多いが、早稲田の生協とは比べ物にならない豊富な品揃えだ）

中背で痩せ型の男は、興味深げな表情で、並べられている本や店内のシステムに目を凝らす。

柳井正という名前で、山口県宇部市で「メンズショップ小郡（おごおり）商事」という洋品店を経営している一家の長男だった。早稲田大学政経学部を卒業し、ジャスコ（現・イオン）に一年弱勤めた後、小郡商事に入社し、社長である父親から経営を任されていた。

（二階は、人文系の専門書に一般書か……。おっ、コーヒーハウスもある）

二万八千人の学生数を擁する大学のカレッジストアは、市内中心部のバックベイ地区をチャールズ川に沿って延びるビーコン・ストリートに面していた。付近には、ボストン美術館、ボストン交響楽団の本拠地であるシンフォニーホール、一八七七年に建てられたロマネスク復古様式のトリニティ教会などがある。

カレッジストアの建物は、灰色の鉄筋コンクリート造り、地上六階・地下一階建てのビルで、地下一階から五階までが店舗になっている。

地下一階は家庭用品、電気製品、文房具、タイプライターなど、三階はカメラ、ビデオ、レコード、旅行サービス、銀行など、四階と五階は教科書と専門書の売り場である。店にきている学生たちの服装はあか抜けていて、ファッショナブルだ。四年前にソニーが売り出して世界的ヒットになった「ウォークマン」で音楽を聴きながら買い物をしている学生もいる。

柳井は、一般書、レジャー、文学、歴史、児童書などが、棚にぎっしりと並べられたフロアーを見て歩く。

（さすがボストンだけあって、英国的で落ち着いた雰囲気だなあ）

カリフォルニアのスタンフォード大学やＵＣＬＡなど、これまで見た米国のカレッジストアは明るく軽やかな雰囲気だった。しかし、この大学の店舗は、オーク調の木目の書棚が整然と並び、天井にはシャンデリアが燦めき、英国の名門大学の古い図書館を彷彿させる高級感が漂っている。

柳井は二階を一通り見終えると、階段で一階に降りた。

一階は、最も関心がある衣料品などの売り場だ。

ビーコン・ストリートに面した入り口を入った正面のゴールデンスペースに「ニューヨーク・タイムズ」で紹介された本の陳列棚があり、その左手が女性用衣料品、右手が肌着を含む男性用衣料品のコーナーになっていた。

その先に時計とアクセサリー類のショーケース、その左手に女性用のバッグやシューズのコーナーがある。衣料品はジーンズなど、カジュアルウェアが中心だ。

フロアーの奥は、大学の校名がスクールカラーの赤で入ったシャツ、トレーナーなどの衣料品とギフト商品、奥左手にスポーツシューズと靴下のコーナーがある。奥右手はエスカレーターで、そばの棚で雑誌やボストンの地図、ガイドブックが売られている。

大きめのフレームの眼鏡をかけ、商家の跡取りらしいノーブルな雰囲気を細面に漂わせる柳井は、フロアーを見回す。

小郡商事の経営を任されて以来、三年間に一店舗ぐらいのペースで、下関、小倉、小野田、広島などに、紳士服とカジュアルウェアの店を出していたが、いまだ名もない地方の衣料品販売店に留（とど）まっていた。柳井は、成長への新機軸を見出（みいだ）せないかと思って米国視察にやってきた。

（やっぱりこのフロアーも店員が少ないなあ……。しかし、悪い感じはしない）

この大学に限らず、米国のカレッジストアは、従業員数は最小限で、接客はせず、客が好き勝手に商品を選んで、レジに持ってくるスタイルだ。各フロアーにマネージャーが一人おり、作業をしているのは大半が在校生のアルバイトだ。店内の数ヶ所にインフォメーションデスクがあり、ベテラン職員が問い合わせに対応している。

各大学のカレッジストアとも、中古の教科書を販売し、UCLAでは、経営主体である生協が優秀な学生と契約して、講義ノートのコピーを販売しているのが面白い。

(品揃えと在庫量は、ここも非常に豊富だな……)

だいたいどの店舗でも、商品の欠品がなく、買いたいと思う客をがっかりさせないようになっていた。また、書籍などはサブジェクト(項目)ごとの分類がきちんとし、すみずみまで気配りされた陳列ぶりで、見た目も美しい。

(やはり、これは面白い! 日本で、カジュアルウェアをこんな感じで売ったら、人気が出るんじゃないだろうか?)

書店やレコード店のように気楽に入れて、買わなくても気楽に出て行ける店が思い浮かんだ。求められない限り接客はせず、その代わり、客がほしいと思う商品を欠品しないように揃える。

(メインターゲットは、流行(はや)りのDCブランドの服は高くて手が出せない十代の若者だな。こういう人手をかけないやり方なら、価格競争力も出るはずだ)

米国の大学のカレッジストアの粗利益率は三割から五割と非常に高い。

米国ではザ・リミテッドやＧＡＰなど、売上げが数千億円から一兆円規模のカジュアルウェア店やメーカーが現れ、巨大スーパーやディスカウントストアなど、セルフサービスの店が台頭してきている。柳井は、そうした業態が日本で現れてもおかしくないと直感した。

3

翌年（昭和五十九年）六月上旬——

札幌の海猫百貨店で、婦人服売り場を担当している若手社員、藤岡真人が、閉店後にその日の販売分の半券を集計していた。

「……おかしいなあ、こんなに少ないかなあ？」

レジのそばで半券を数えながら、ワイシャツにネクタイ姿の藤岡が首をかしげる。

「なにか変なことでもあるの？」

小柄な身体にグレーのスーツを隙なく着込んだ売り場主任の烏丸薫が、いつものせかせかした足取りでやってきて、赤いメタルフレームの眼鏡ごしに藤岡の手元を覗き込む。

「いや、この『アデリーヌ』のワンピース、もっと売れてたような気がするんですけど」

「アデリーヌ」は大手婦人服メーカーがフランスのデザイナーと提携して作ったブランドで、ヨーロッパふうの洗練されたスタイルが三十代から五十代の幅広い年齢層の女性たちから支持を集めていた。

「ほんとだわね。今日は十枚くらいは出てたと思うけど」

烏丸は少し考えて、「アデリーヌ」の販売員の女性を呼んだ。

「半券が足りないんですけど、持ってたりしません?」

烏丸は、女性販売員に単刀直入に訊いた。

「ええと……あのう……少しなら」

海猫百貨店の制服を着た販売員は、躊躇(ためら)いがちにいった。年齢は三十代で、手堅い印象を与える。

「出してもらえます?」

販売員の女性は、観念したような顔つきで、制服のベストのポケットから、ワンピースの半券を一枚出した。

「もう少し、持ってたりしない?」

烏丸が、二重瞼(ふたえまぶた)の絡みつくような視線を投げかける。

「うーん……もういいじゃないですか。目標達成したんだから」

販売員の女性は眉根を寄せ、いやいやをするように身体をよじる。

烏丸らは、重点商品の「アデリーヌ」のワンピースの販売に関して、「今日は何枚売りましょう」と目標を立て、この販売員と協力しながらセールスをしていた。

「いや、でも、今日の売上げの分は今日整理しておかないと」

素直な性格そのままの風貌の藤岡がいった。

海猫百貨店は近々ＰＯＳ（Point of sale＝販売時点情報管理）システムを導入する予定だが、それまでは衣料品の販売実績については従来どおり半券で管理している。

「でも、明日売れなかったらどうするんですか？」

販売員の女性が反論する。

「今日はたくさん売れたから、明日売れなくても、週で考えたら、目標達成じゃないですか」

藤岡はなだめようとする。

「いや、わたしはそう思わないんです」

「そう思わない、って？」

「わたしは、毎日ちゃんと目標を達成したいんです」

（やっぱり、そうきちゃうか……！）

烏丸は、内心ため息をつく。

仕事熱心な販売員は、日々の販売目標を達成することを糧に、自分を奮い立たせている。

「分かりました。でも今日の分にするか、明日の分にするかは別として、何枚売れたかはきちんと把握しておきたいんです」

烏丸にいわれ、販売員の女性は渋々ベストのポケットから残っていた半券を摑んで差し出した。

開いた掌を見て、烏丸と藤岡は驚いた。

（げっ、三枚も!?　こりゃ、ちょっと保険の掛けすぎだべさ！）

売り場の業績は、販売員にいかに機嫌よく仕事をしてもらうかにかかっている。しかし、手綱を締めるべきときは、締めなくてはならない。

「じゃあ、一枚だけもらいます」

いい終わらぬうちに、烏丸はさっと手を伸ばし、かるた取りのような素早さで半券の一枚をつまんでとった。

「残り二枚は明日の分にしましょ」

販売員の女性が諦めてうなずいたとき、別の婦人服メーカーの営業マンがあたふたとやってきた。

「かっ、烏丸さん、今、お客さんからクレームの電話がありまして……」

ワイシャツの胸に海猫百貨店の名札を着けた若い営業マンは慌てた様子でいった。

「えっ、クレーム!?」

「はい。スカートの裾の直しが間違ってるって、かんかんで、説明にこいと」
「どこのお客さん？」
「小樽（おたる）です」
「小樽？　……とにかくなにがあったか、説明してもらえます？」
「三日前にうちの商品のスカートの裾の直しを販売員に依頼されたそうなんですが、頼んだのより三センチくらい短くて、とても着られないという苦情でして……」

　販売員からも話を聞くと、烏丸は営業マンと一緒に、札幌駅に向かった。苦情処理は早ければ早いほどよい。

　二人は地下通路を走り、ホームへの階段を駆け上がって、発車寸前の列車に飛び乗った。

　電車は傾きかけた夕陽（ゆうひ）の中を走る。この季節の北海道の日没は午後七時すぎだ。

　進行方向の右手には石狩湾が広がり、線路際の海岸に白い波が打ち寄せている。

　四十分ほどで小樽に到着した。

　小樽駅の正面出入り口を出ると、駅前から一キロメートル弱にわたって、大きな通りがスロープのようにまっすぐに延びている。その先に、青い海と停泊している船が見え、ため息が出るような絶景だ。

　二人はタクシーで客の家に向かった。

「……このたびは、誠に申し訳ございませんでした」

烏丸は座敷の畳にぴたりと両手をついて、思いきり深く頭を下げた。

販売員が裾上げを間違ったとは思えず、ピンを打ち込むときに客がスカートを下げ気味にしていたのではないかと推測されたが、ここはとにかく謝るしかない。

「売り場主任さんねえ……」

五十代と思しい女性は、烏丸が渡した名刺を眺める。

「あなたも海猫百貨店の人なのね？」

「いえ、あのう、わたしは……」

隣にすわった営業マンは一瞬口ごもった。客は、海猫百貨店の人間が二人できたと思っている。

（嘘つかないでね。下手に嘘ついてバレると、話がややこしくなるから……）

烏丸は頭を下げた姿勢のまま心の中で祈る。

「実は、わたくしは、こちらのスカートを作ったメーカーの者でして……」

営業マンの答えに、烏丸は内心ホッとする。

「あら、そうなの？」

客の女性は多少驚いた表情。

「でもまあ、海猫百貨店さんが、メーカーの人とやってるんなら安心ね」

予想とは裏腹に、満更でもない顔つきである。

（これなら大丈夫かも……）

「実はわたしもねえ、思ってたより裾が短くなってたんで、ついカーッとなって電話しちゃったけど、もしかしたら、わたしのお願いの仕方が悪かったのかしらと思うのよ」

「いえ、そんなことはございません！　仮に万々が一そうだとしましても、仕上がりのときにきちんと確認しなかったわたしどものミスでございます」

烏丸は頭を低くし、畳みかけるようにいう。職業柄、謝り方は完璧である。

「これは直ちにお直しして、お届けいたしますので」

そういって営業マンも頭を下げる。

「そう、分かったわ。そこまでいって下さるなら」

相手は大いに満足の表情。

「やっぱり海猫さんは、しっかりしてるわね。電話をしたら、こんなにすぐきてくれて、ちゃんと対応してくれて」

（はー、よかった……！）

なんとか丸く収まり、二人は問題のスカートを受け取って、客の家を辞した。

小樽駅に戻ったとき、あたりは薄暗くなり始めていた。

昭和九年に建てられた駅舎は、その二年前に建てられた上野駅とほぼ同じ建築様式の二階建てで、中央ホールが吹き抜けになっている。外壁は薄い褐色のタイル張りで、港町らしい洒落(しゃれ)た雰囲気を漂わせている。

中の売店で売られていた週刊誌には、来月から始まるロサンゼルス五輪で活躍が期待される柔道の山下泰裕やマラソンの宗(そう)兄弟、瀬古利彦らの特集記事のほか、去る一月から「週刊文春」が「疑惑の銃弾」として九回のシリーズで報じ、日本中に反響を巻き起こした、元輸入雑貨販売業者、三浦和義が妻、一美をロサンゼルスで謀殺したのではないかという事件の続報が掲載されていた。

烏丸と営業マンは、雪除(ゆきよ)け用の屋根が付いたホームから、札幌方面行きの列車に乗った。

「……烏丸さん、なにを読まれてるんですか？」

走り始めた電車の四人がけの席で、書店のカバーがかかった本を読み始めた烏丸に、営業マンが訊いた。

烏丸はカバーを外して、本の表紙を見せる。

「へえ、『なんとなく、クリスタル』ですか」

三年前の一月に発売された小説で、著者は一橋大学法学部五年生だった田中康夫である。

　主人公は由利という名の英文科の女子大生で、モデルもしており、父が商社マンで、幼稚園までイギリスで暮らしたという設定だ。彼女を取り巻く男女学生の生き方をとおし、都会の比較的裕福な若者たちの風俗とファッションを描き、瞬く間にミリオン・セラーになった。

「面白いですか？」

　烏丸が苦笑した。

「ＤＣブランドの洪水で、頭がくらくらするわ」

「ただ、仕事の勉強にはなるわね。……見る？」

　烏丸が本を差し出し、営業マンが受け取ってページを繰る。

〈向かい側のマンションから、ムッシュ・ニコルの袋を持って、髪形をサイド・グラデエイションにきめた男の子が、アーシーな色のレイン・ブーツをはいて出てくるのが見えた。雨は、当分の間やみそうにもなかった。〉

〈キサナドゥは、ウイークデーだというのに、相変らず混んでいた。マンシングのシャツを着て、ダブル・ニットのパンツをはいたゴルフ坊やみたいな男の子や、ファラ・フォーセットのような髪をしたエレガンスや、サーファー・スタイルの女の子で一杯のこのディスコは、江美子のお気に入りだ。〉

〈クレージュの夏物セーターを、クレージュのマークのついた紙袋に入れてもらう。そのスノッバリーを大切にしたかった。甘いケーキにならエスプレッソもいいけれど、たまにはフランス流に白ワインで食べてみる。〉

「……クレージュって、札幌でも結構売れてますよねえ」

ざっと見て、本を烏丸に返しながら営業マンがいった。

クレージュ（COURREGES）は、フランス出身のデザイナー、アンドレ・クレージュが一九六一年に興したブランドで、スポーティで機能的なものが多い。日本では昭和三十九年からパンタロンを流行させ、最近は、AとCのロゴのアクセサリーやバッグも人気だ。

「今どきの大学生って、ほんとにこんな生活してるんかしらねえ？」

短大時代も農繁期には北竜町の自宅に帰り、泥や藁にまみれて田植えや稲刈りを手伝っていた烏丸には信じられない。

「まあ青学、立教、慶應、成蹊、成城の学生の一部じゃないですか。彼らを真似したい若者たちの願望が、流行を生み出すってことだと思いますけど」

同じ頃——

広島市中区袋町（ふくろまち）では、若者たちが何重もの人垣を作って、商店の一つに群がっていた。

場所は、元安川（もとやすがわ）を挟んで平和記念公園の向かい側にある商店街の一角で、人が多く集まる市内中心部ではあるが、家賃の安い裏通りだ。

マンションの一階と二階を使った一〇〇坪の店だった。通りに面した部分が全面ガラス張りで、正面出入り口の上の白い壁に、「UNIQUE CLOTHING WAREHOUSE」（ユニークな衣料品の倉庫）と店名がくっきりと赤い文字で表示されている。

店内は、その名のとおり、倉庫のような無造作な造りだ。

映画の撮影に使われるようなスポットライトが天井に取り付けられ、右手には非常階段ふうの階段が二階へと延びている。それが若い客に、ロンドンかニューヨークのブティックのようなイメージを与える。

「……すごい盛況ですねえ！　おめでとうございます」

店の前で、経営者の男がラジオのインタビューを受けていた。

「有難うございます。開店前は果たしてお客さんがきてくれるか、心配だったんですが」

意志の強そうな太い眉に、大きめのフレームの眼鏡をかけた小郡商事の専務取締役、柳井正は、おちょぼ口にこらえきれない笑みを滲ませる。

昨年訪れた米国のカレッジストアをヒントに開いた店が大当たりし、日に何度も入場制限をする騒ぎになっていた。

「成功の原因は、なんだったとお考えですか？」

「そうですね……。『低価格のカジュアルウェアが週刊誌のように気軽に、セルフサービスで買える店』というコンセプトが、お客さんが潜在的に求めていたものと合致したんだと思います」

「なるほど」

「それから、商品を千円と千九百円という、手ごろで分かりやすい値段を中心にしたのもよかったと思います」

「お客さんへのメッセージはなにかありますか？」

「いや……、申し訳ないのですが、並んでも入店できないこともあると思うので、しばらくは、ご来店されないほうがいいかもしれません」

数日後——
オリエント・レディのＭＤ（マーチャンダイザー）になって五年目の堀川利幸は、新宿西口で、東西実業の佐伯洋平と昼食をとった。

建てられて十年になる三井ビルは、黒い外観が落ち着いた印象を与える五十五階建ての高層ビルだ。ビルの前には赤レンガふうのタイルが敷き詰められ、木々が植えられ、ヨーロッパを思わせる洒落た中庭（パティオ）になっている。三十卓あまりのテーブルが整然と並べられていて、中庭に面したベーカリーからサンドイッチや飲み物を買って食事をすることができる。

「……ここにくると、流行のトレンドが分かるよねえ」

体重一〇〇キロ近い巨体で、洗い立てのワイシャツの袖をまくり上げ、ネクタイの襟元を緩めた佐伯が、周囲に視線をやっていった。四十三歳になり、現在はアパレル第三部の次長である。オリエント・レディとは、社長の田谷から今年二十九歳になる若手の堀川まで、幅広い層と付き合っている。

「確かに。洒落た人たちが集まる洒落た場所で、定点観測にはいいところですね」

小エビとレタスを挟んだサンドイッチをつまみながら、堀川がいった。

最先端のファッションに身を包んだ若い女性たちが周囲のテーブルで食事をしたり、お茶を飲んだりしていた。

「今の流行りは、女子大生、マヌカン、ボディコン、ってとこですか」

ブローしたヘアで、襟元が開いた半袖シャツを着、身体にぴったりの裾が広めのスラックスをはき、ブランド物のバッグを肘にかけた『なんとなく、クリスタル』から抜け出てきたような女子大生、ボーイッシュなショートヘアで、肩パッド入りの黒いニットに、膝から下が広がった細めの黒のスカートを身に着けたマヌカン（DCブランドの販売員）、ソバージュのロングヘアに、身体の線を強調するワンピースを着て、小ぶりな茶色い革のハンドバッグを胸に抱えたボディコン・スタイルなどの女性たちだ。

「今や、DCブランド全盛だなあ」

「ａｎａｎ」の六月一日号の特集「'84年春人気ブランドベスト10」では、ＢＩＧＩが一位で、以下、ニコル、メルローズ、ピンクハウス、コムサ・デ・モードと続き、ＫＡＮＳＡＩクリエーションの「ジョリュー」が初登場で、八位に食い込んだ。

「男のほうは、テクノカットに、銀行マン、証券マン、地上げ屋ですか」

若い男性の間では、もみあげを切り落とし、後頭部の襟足を刈り上げる「テクノカット」が流行している。

五年ほど前には六千円前後だった日経平均株価が一万円の大台に乗り、銀行マンと証券マンが忙しく駆け回り、所有者に不動産を手放すように迫る「地上げ屋」と呼ばれる職種も現れた。

「ところで、今年の冬のコートなんですが、ファー（毛皮）とかカシミヤで勝負してみようかって考えてるんですけど、どう思います？」

ブルーのワイシャツに、渋い紺のネクタイの堀川が訊いた。

「ファーとかカシミヤで？　……へーえ、新機軸じゃない」

それまでの流行はウールやカジュアルなものだった。

「二、三ヶ月前からリサーチしてきたんですが、景気もいいし、今年は、高級品に消費者の目が向くんじゃないかって気がするんです」

堀川の口調に密(ひそ)かな自信が滲む。

ＭＤになって五年目で、ほぼ毎年ヒット商品を出し、社内でも一目置かれるようになっていた。

「それ、いけるかもなあ」

そういって佐伯は、足元に置いた書類鞄(かばん)の中から、Ａ４サイズの資料を取り出す。

「これさ、最近、うちの調査部からもらった東北六県の物税の統計なんだけどさ……」

資料を堀川のほうに向け、並んでいる数字を見せた。

物税は、物の所有・取得・製造・販売・輸入や物から生ずる収益に課される租税で、この動向を見れば、世の中の動きが分かる。

「昨年度（昭和五十八年度）、東北六県の消費に関する物税で最も伸びたのが、ゴルフ用品と毛皮のコートなんだよな」

同年度の東北六県の消費関連の物税額は千七百六十七億円で、内訳は物品税、ガソリンに対する揮発油税、電力消費に対してかけられる電源開発促進税などだ。

「ゴルフ用品に対する課税は、前年比九倍ですか……」

堀川は興味深げに資料の数字を追う。

「まあ、これは山形県を中心にゴルフクラブの製造業者が増えたからなんだけどね」

「でもそれだけ日本でゴルフ需要があるってことですよね？」

日本はのちに「バブル」と呼ばれる時代の入り口に差しかかり、ゴルフブームが起きていた。

「そういうこと。……で、ここ見てくれ」

佐伯は、表の一ヶ所を指さす。

「ほーう、毛皮製品に対する物品税が前年比三一・四パーセントの増加ですか」

金額は七億八百万円となっていた。

「これはもちろん、毛皮のコートだ」

「なるほど。流行は、地方から火が点いたりしますからねえ」

翌月（七月上旬）――

オリエント・レディの本社会議室で、「全国コート会議」が開かれた。

机が口の字形に並べられ、営業や商品企画担当の取締役たち、関係各部の部長、ＭＤやデザイナーなど商品企画部門のスタッフ、営業部門の幹部など、五、六十人が出席した。

室内中央に置かれたハンガーラックには、百着ほどの冬物のコートの試作品がずらりとぶら下がっている。

「……うーむ」

フロアーの中央で、肉付きのよい身体を真っ白な木綿のワイシャツに包み、高級感のあるエルメスのネクタイを締めた田谷毅一が、若い女性デザイナーが着た試作品のコートにじっと視線を注ぐ。

社長六年目で、獅子のような威圧感を漂わせた田谷の一挙手一投足を、周囲のテーブルの出席者たちが固唾を呑んで見守る。

「ウールのフォックスカラーか……。しかし、襟もベルトも今一つあか抜けとらんなあ」

田谷は、コートを着たデザイナーに近づいたり、離れたり、首をかしげたり、しゃがんだりしながら、いろいろな方向から試作品を吟味する。

コートは重衣料（ほかにスーツ、ドレスなど）を代表するアイテムで、値段が張るので値幅も大きく、売れ行きは会社の業績を左右する。そのため毎年特別に「コート会議」を開いて、デザインや商品を決めている。

「よし、じゃあ、次」

田谷が命じ、デザイナーの女性が、ハンガーラックから別のコートを外して着る。

「ん？　なんだこれは!?」

　田谷が、むっとした顔で片方の眉を上げた。

「これはおとどしのデザインの焼き直しじゃないか!?　誰だ、こんなもん出してきた奴は!?」

　田谷が、商品企画担当者たちがすわった一角に鋭い視線を注ぎ、コートを企画したMDが顔を引きつらせてうつむく。

「お前は、何度いったら分かるだっ!?　この世界の売れ筋は、時々刻々と変わってるちゅうに！　アバンギャルド（前衛的）くらいじゃねえと駄目ずら！　それを、よりによって、おとどしの焼き直しとは！」

　田谷は常々「ファッションは先駆的でないといけない」「ミセスのための無難な商品ばかり作ってたんじゃ、いずれ客に飽きられる」「菊池武夫や川久保玲に伍していくぐらいの気概がないと駄目だ」と話し、誰かがカラオケで『昔の名前で出ています』を歌っただけで怒り出す。

「お前はもうクビだ！　MDクビだ！　今すぐ出て行け！」

　出席者の誰もが凍り付く中、そのMDが悄然として立ち上がり、ドアの向こうへと姿を消した。

　室内は、異様な沈黙に支配された。

（社長自身、焦りがあるんだろうな……）

二年前に取締役となり、百貨店向けの営業を担当している塩崎健夫は、険しい形相で怒鳴る田谷を見つめる。

田谷の側近として仕えてきた塩崎は、田谷が「オリエント・レディは、山梨の会社から脱皮できないんじゃないか」とか、「なんでも手堅く地味にやってりゃあ、いいってもんじゃねえずらなあ」とぼやくのを聞いていた。

（しかし、うちはデザイナーの遺伝子を持ってる会社じゃないしなあ……）

ＢＩＧＩやコムデギャルソンといったＤＣブランド、あるいはクリスチャン・ディオールやラルフローレンのような海外の有名ブランドは、デザイナーがこんなものを着たい、作りたいという創造欲から出発した会社だ。これに対し、オリエント・レディなど日本の大手アパレル・メーカーは、戦後の衣料の西洋化という社会的変化に押されて業容を拡大してきた。そのためクリエイティビティ（創造性）よりも営業に重点が置かれてきた。

「今の試作品はすぐに焼き捨てろっ！　まったくけしからん！」

異様な沈黙を田谷の声が突き破った。

「次だ、次っ！」

田谷に命じられ、デザイナーの若い女性が、別のコートを着る。

「ん？　このトレンチコートは、バーバリーみたいじゃないか」

薄茶色のウールのトレンチコートで、ボタンはダブル。ブリティッシュ・トラッドのデザインだった。

「はい、あのう……バーバリーのコートの売れ行きを見ておりますと、やはり抜群ですので、やはり、うちも消費者に支持されるようなものを作るべきかと……」

担当したMDが恐怖に顔を引きつらせていった。

コート市場では、バーバリーを擁する三陽商会、「オンワード」の樫山、それにオリエント・レディが三つ巴の首位争いを繰り広げている。オリエント・レディは特に冬物に強く、冬物だけなら他社に負けない。

「うちが三陽の真似をしたって駄目ずら！」

オールバックの田谷の顔が赤鬼のように紅潮した。

「うちにはうちのテイストを支持してくれる客層がある！　独自の物を作らなけりゃ、お客さんががっかりするし、会社として生き残っていけんぞ！」

しかし、その会社のテイストを十分に確立できていないのが、オリエント・レディの弱みだ。

「申し訳ございません！」

担当したMDやデザイナーが顔面蒼白で頭を下げる。

「まったく、なんだこのザマは!?　……次だ！」

デザイナーの女性が次にハンガーラックから外して着たのは、襟の周りに毛皮が付いた重厚感のあるコートだった。

「ほう、これは……！」

田谷が興味を惹(ひ)かれた顔つきになる。

「肩から胸にかけてアクセントをつけたのか……」

ヨーロッパふうの植物模様のようなパターンが入った生地が胸から肩にかけてショールを巻いたように施され、上流階級が着るような高級感のある仕上がりになっていた。

「これはカシミヤだな」

田谷がコートの袖に手を触れてつぶやく。

生地は獣毛混で、ウールに三割のカシミヤを織り込み、柔らかさと光沢を出していた。

「これを企画したのは？」

田谷が企画担当者たちのほうを振り返ると、青いワイシャツにネクタイ姿の堀川利幸が長い手を挙げた。

「堀川か……。お前、これをいくらで売るつもりなんだ？」

「上代（小売価格）で十七万八千円を考えています」

室内からどよめきが湧いた。

一般的なコートの二、三倍の値段だ。

「そんな値段で売れると思うのか？」

「売れると思います。諸統計その他を勘案しますと、今年の冬は、高級コートに消費が向かうはずです」

「ふん、相変わらず自信がありそうだな」

面白い、とでもいいたげに、田谷がにやりとした。

仕事のできない社員には冷酷だが、これと見込んだ社員には大きな信頼を寄せ、対応も丁重である。

「確かに、クラシックとニューリッチのトレンドが来始めてるから、方向性としては悪くないかもしれんな」

再びコートを着たデザイナーのほうを向くと、鋭い視線を注ぐ。

「肩はパッドを入れて、丸みをつけたほうが、女性らしさと高級感が出るだろうな。それと素材が若干重い。ウールを薄めの梳毛（細く、毛羽が少なく、真っすぐな糸）にして、もう少し軽くて羽織れるような商品にしたらどうだ。丈はまあこの程度の長めでいけるか……」

試作品のあちらこちらに触れたり、めくったり、引っ張ったりしながら、襟の形やボタンの種類・位置、生地、縫製、丈の長さなどを仔細に点検してゆく。社員たちが「田谷チェック」と呼ぶ、完璧を目指すための作業だ。

二ヶ月後（九月初旬）——

北の街、札幌には早くも秋風が吹いていた。

海猫百貨店では、いつものように昼食の時間が訪れていた。

社員食堂は、来店客には見えないバックヤードにあり、掲示板には社内販売や住宅ローンの案内ポスター、労働組合からの連絡事項などが張られ、顧客紹介カードが入った袋などが画鋲で留められている。

食事をしているのはスーツ姿の外商部の男性社員、白い厨房着姿の総菜売り場の販売員、頭巾に和服・袴姿の煎餅売り場の販売員、白い制服にトリコロールのスカーフをしたフランス菓子売り場の女性、パイロットのような肩章が付いたワイシャツ姿の駐車場係の男性、濃い化粧に黒いスーツの化粧品売り場の女性、羽織袴の呉服売り場の男性、バンダナキャップをかぶったベーカリーの若い女性販売員など、まるで学芸会の楽屋で、デパートが夢を売っている場所であるのがよく分かる。

婦人服部門の売り場主任、烏丸薫はテーブルの一つで、小柄な背中を丸め気味にしてラーメンをすすっていた。

「すいません、烏丸さん。ちょっとご相談が……」

八木沢徹という名のオリエント・レディ札幌支店の営業マンがやってきて、目の前の椅子にすわった。旭川（あさひかわ）の出身で、高校時代は野球部でキャッチャーをやっていた三十歳すぎの男である。

「実は、冬物コートで、こちらを二十枚くらい仕入れて頂けないかと思いまして」

中背で筋肉質の身体に紺のスーツを着た八木沢が、カラー刷りの冊子を差し出した。

「……へーえ、ファー（毛皮）の襟付きねえ。こんなのやるんだ」

烏丸がラーメンをもぐもぐ嚙（か）みながら、渡された冬物のコートの商品カタログに視線を落とす。

毛皮の帽子をかぶった白人女性がコートを着て、物思いにふけるような表情で佇（たたず）み、それを斜め前から写した写真が掲載されていた。堀川利幸が企画した高級コートだった。

「色は、ネイビー、ブラック、キャラメル（茶色）、スカーレット（赤に近い濃いオレンジ色）、ローデン（深緑色）の五種類の予定です」

「オリエント・レディさんにしては、かなりの高級路線ねえ」

「今年は、ファーや獣毛混が売れると睨んでまして」

「確かに、夏物・秋物も、ニューリッチ感覚の商品が予想以上に売れたのよね」

烏丸はコップの水を飲みながら、冊子のページを繰る。

「新聞や雑誌なんかでも、新贅沢主義っていう感じの記事や広告をよく見るようになりましたから」

「要は、テスト販売ね？」

札幌は、流行に敏感な消費者が多く、しかも冬が一足先に訪れるので、アパレル・メーカーは冬物の新商品をまず札幌に投入して、反応を確かめる。売れ行きがよければ、生地の確保に走る。


十月中旬――

札幌は、冬の気配を感じさせる冷たい風が吹き、大通（おおどおり）公園のサトウカエデ、ナナカマド、ヤマモミジなどが赤に、ライラックの葉は黄色に色づき、澄んだ秋空に赤いテレビ塔がすっくと立っていた。

烏丸薫は、いつものように営業中の婦人服売り場に立っていた。

商品が陳列されている部分の床はフローリングだが、人が歩く通路は薄茶色がかったオフホワイトのタイル張りだ。四角いフロアーに対し、通路が斜めに延び、上から見るとひし形になっている。これは昭和五十三年頃に松屋銀座本店が取り入れたといわれる、客が売り場ではまっすぐ歩かない習性を利用した「斜め導線」の法則にもとづいている。

「いらっしゃいませ」

「冬物のコートですと、今、カルバン・クラインのピーコートと、オリエント・レディのものがお薦めです」

ピーコートは、元々英国海軍の軍人が船の甲板で着た頑丈な腰丈のダブルのコートで、寒風が吹き付ける向きによって、左前にも右前にもできる。

「あのオリエント・レディのファーの襟付きコート、よく売れてるわねえ」

烏丸が、コートのコーナーに視線をやっていった。

「はい。ミセスだけじゃなくて、若い人も財布から万札を摑み出して、買ってくんですよね」

かたわらに立った藤岡真人が、驚きを隠せない表情でいった。

好景気による金余り現象で、百貨店では高級家電品、貴金属、絵画などが売れ始め、新聞にはゴルフ会員権や新築住宅や別荘の広告が数多く掲載されている。

「あのう、すいません。このコートは置いてないですか?」

年輩の婦人客が烏丸に話しかけてきた。

「こちらのコートでございますね?」

赤いメタルフレームの眼鏡をかけた烏丸は、ぱっと笑顔を作り、婦人が手にした新聞に視線を落とす。

(うわ、全国紙に全面広告を打ったんだ!)

東京の大手百貨店が、オリエント・レディのファーの襟付きコートの広告を一面全部を使ってカラーの大きな広告を打っていた。〈この冬は、グラマラスなカシミヤとファーで、特別な日常をすごしたい〉というキャッチコピーが躍っていた。

十月の東京は、残暑がぶり返す日もあるが、伊勢丹、西武、阪急、高島屋などは、冬の流行を作ろうとするかのように、コートの広告を打つ。

（これは売れるわ……！）

烏丸は興奮を覚えながら、「あちらに置いております」と、年輩の婦人客をコートのコーナーに案内する。

「烏丸さん、このファーの襟付きコート、もうネイビーの九号（Mサイズ）が売り切れちゃったんで、至急仕入れて頂けないですか？」

コートのコーナーに行くと、オリエント・レディの販売員に真剣な表情で頼まれた。

「えっ、もうなくなっちゃったの？」

「はい。お客さんが次々買ってくので」

（これは、新たな「一分間コート」の出現だわ！）

二年前に、東京スタイルが「オディール・ロンソン」というフランスのブランドのコートを売り出したところ、コンテンポラリー（現代的）なデザインが好感されて、飛ぶように売れ、接客に一分間を要しない「一分間コート」の異名をとった。

烏丸はすぐに売り場の裏手にある事務所に駆け込み、八木沢徹に電話をかけた。

「八木沢さん、あのファーの襟付きコート、すごい勢いで売れてるのよ」

「えっ、ほんとですか!?」

「ほんと、ほんと！　嘘ついてる場合じゃないべさ」

「そりゃ、よかった！　すぐ社長に報告します」

「でね、あとネイビーの九号を三十枚と、キャラメルとスカーレットを二十枚くらいずつ入れてもらえない？」

烏丸は無理を承知で頼む。

「いや、あれはテスト販売ですし、まだあんまり作ってないんで……」

「でも丸井（今井）や三越の分はあるんでしょ？」

地元で、丸井今井や札幌三越に負けたくないというのが、烏丸の意地だ。

「うーん……分かりました。とりあえず持って行けるだけ、持って行きます」


三週間後――

東京は十一月に入り、冬物商戦が幕を開けていた。

烏丸薫は上京し、西新宿三丁目にあるオリエント・レディの新宿営業センターに向かった。

札幌支店の八木沢から、ファーの襟付きコートを追加で納品してもらったものの、売れ行きに到底追い付かないので、直談判（じかだんぱん）にやってきた。

「……分かりました。そこまでおっしゃるなら、倉庫をお見せしましょう」

五階にある百貨店第三部のフロアーの商談用デスクで、同部の次長がいった。かつて百貨店第一部で堀川の上司の課長だった男性である。

烏丸に「商品がないならないで仕方がないけれど、倉庫くらい見せてほしい」と食い下がられ、観念した様子である。

「どうぞ、こちらです」

中背で痩せ型の次長が烏丸を、階下の倉庫兼物流センターに案内した。

中に入ると、ビニールカバーをかぶせられた商品が何列にもなってぶら下がっていて、さすがは日本最大の消費地、東京の倉庫とうならせられる。

「例のコート、一つもないわねえ」

烏丸が、天井に取り付けられた銀色のバーに、冷凍倉庫の肉のようにずらりとぶら下がった商品の下をあちらこちらと歩き回りながら、首をかしげた。

「あれはまあ、まだそんなに多く作っていませんから」

黒々としたオールバックの風貌に子どもっぽさを残す次長がいった。

烏丸が振り返ってじっと顔を見ると、どことなく視線に落ち着きがない。

「ん？　あの扉は？」

烏丸が倉庫の奥に扉があるのに気づいた。

観音開きの大きな扉で、鉄製の取っ手が付いていた。

「あっ、そこは全然関係ないところです！　掃除用具とか、備品が入ってるだけですから！」

「あーっ、そこは……！」

烏丸は構わずずんずん進み、銀色の取っ手に両手をかけ、力いっぱいに開けた。

背後で次長が絶叫する。

「こっ、これは……あのコート！」

喉から手が出るほどほしいファーの襟付きコートが、何百着も天井からぶら下がっていた。

誰も触れないよう、白いテープでひとまとめにされ、「伊勢丹新宿店様」という納品先名を記した大きな紙が貼り付けられていた。

幻のような光景に、烏丸は一瞬棒立ちになった。

「これ、全部伊勢丹に納品するの!?」

血走った目で次長を振り返る。

「ええ、まあ……そういうことです」

次長は気まずそうな表情。

「いくらかでもうちに回してもらえませんか!?　わざわざ北海道から出てきたんですから!」

「申し訳ないんですが、これはもう伊勢丹さんとも決まった話なので」

「くっ、悔しい!」

　烏丸は両の拳を握りしめる。

「伊勢丹とじゃ、格も力も段違いなのは分かるけど、こんなに扱いが違うなんて……!」

「あのう、じゃあ、五枚くらいならなんとかしますが」

　次長は申し訳なさそうな表情で、涙目の烏丸にいった。

「五枚?　伊勢丹が何百枚なのに、うちは五枚!?　……く、悔しい!」

　その日の晩、烏丸は、情けをかけられた屈辱と五着分の納品書の控えを持って、羽田空港から千歳空港行きの飛行機に乗った。夜の千歳空港は雪がしんしんと降り、烏丸の胸の中にもやりきれない悔しさがしんしんと降り積もった。

　翌年（昭和六十年）一月――

　札幌は雪に埋もれ、路面は凍り、日によって吹雪いたりしていたが、地下鉄大通駅を起点に東と南へ延びる地下街「オーロラタウン」と「ポールタウン」は、好景気で人出も多かった。

二つの地下街から遠くない市内中心部にある海猫百貨店では、烏丸薫が、いつものように婦人服売り場に立ち、社員、販売員、アパレル・メーカーの営業マンたちと一緒に接客をしていた。

オリエント・レディの人気商品、ファーの襟付きコートは追加生産され、海猫百貨店にもなんとか回ってくるようになった。

「……有難うございます！　十八万円お預かりいたします」

藤岡真人はレジに立って金を数え、入金作業をしていた。

一万円札の肖像画は、昨年十一月に、聖徳太子から福沢諭吉に変わった。

「烏丸さん、オリエント・レディのファーの襟付きコート、スカーレットの十一号（Lサイズ）とブラックの九号が切れたんですけど」

販売員の女性がやってきて、烏丸にいった。

「えっ、また!?　参っちゃうなあ。……すぐに電話するわ」

烏丸は事務所にとって返し、オリエント・レディ札幌支店の八木沢に電話を入れる。

「八木沢さん、例のファーの襟付きコート、またスカーレットの十一号とブラックの九号が切れたのよ。至急送ってよ」

「烏丸さん、すいません。今在庫が全然なくて……」

「えーっ、そうなの!? 困るなあ！　ローデン（深緑色）の七号（Sサイズ）とか十三号（LLサイズ）ばっかり送ってこられても、しょうがないのよね」

「ほんとにすいません！　製造が間に合わないもんで」

「製造が間に合わないんじゃなくて、みんな伊勢丹に行ってるんだべさ？」

「いや、そういうことは、ないと……思いますけど」

八木沢は、歯切れが悪い。

「とにかくあのコート、今が旬なのよ。売れ筋は旬のときに売らないと」

「おっしゃることは、ごもっともです」

「買いたがってるお客さんがいるのに、色欠けやサイズ欠けで売れないって、本当に悔しいのよね」

「いや、それは……僕だって悔しいです」

八木沢の声にもやり切れない思いが滲んだ。


三週間後――

「……烏丸さん、お世話になっております」

スーツ姿の八木沢徹が、海猫百貨店の事務所に姿を現した。手には納品書を持っていた。

「あれっ、八木沢さん！　今日、なんか納品あったっけ？」

書類や事務用品で雑然とした小さなデスクで仕事をしていた烏丸が立ち上がった。

客からは見えない壁の裏側のバックヤードにある事務所は窓が少なく、小さめの机、椅子、キャビネットなどが押し込まれたように並べられている。

「例のファーの襟付きコート、九号を五十枚、十一号を四十枚持ってきました」

「えっ、そんなに⁉」

烏丸の顔がぱっと輝く。

客からの需要は相変わらず根強いのに、色欠け・サイズ欠けで販売に苦労していた。

「こちらが納品書です」

八木沢が頭を下げ、両手で納品書を差し出した。

丁重すぎる態度に、烏丸は違和感を覚えた。

「えっ、下代がいつもの半分⁉　……これ、なに？　セールってこと？」

納品書に書かれた数字を見て、烏丸が険しい顔つきになる。

「はい、申し訳ありません。東京の百貨店さんは、実はもう、半額で販売を始めてまして」

「えーっ、そんな！　ちゃんと定価で売れるのに！」

よその百貨店がセールをしていたら、販売価格はそれに合わせなくてはならない。

「要は、伊勢丹が抱えていた在庫を持ちきれなくなって、返品してきたってこと?」

赤のメタルフレームの眼鏡ごしに、二重瞼の目でじっと見る。

「はい、……ご推察のとおりです」

百戦錬磨の烏丸に睨まれ、八木沢はうな垂れる。

「やっぱり、そうなの!?　なんでよ!?　ちゃんと定価で売れるのに!　この世は、伊勢丹を中心に回ってるんかい!?」

烏丸は小柄な身体をぶるぶると震わせる。

「……く、悔しい!」

「僕だって……悔しいす!」

八木沢も涙目だった。


八ヶ月後(九月二十二日)——

ニューヨーク・マンハッタンの五番街に建つプラザホテルに、日、米、英、仏、西独の蔵相と中央銀行総裁が集まり、ドル高を是正するために「プラザ合意」を結び、世界に激震を走らせた。円の為替レートは一ドル=二百四十円だったのが、四ヶ月後には二百円を割り込み、円高不況が懸念された。

しかし、日銀が連続して公定歩合を引き下げ、円高に歯止めをかけたため、不況は回避された。日経平均株価も一年間で約千六百円上昇し、年末には一万三千円台に入った。日本の対外純資産額は、千二百九十八億ドル（約二十六兆円）の世界一と判明し、日銀の低金利政策の副作用によって、日本経済はのちに「バブル」と呼ばれる時代に突入した。

4

翌年（昭和六十一年）一月——

日本では、グルメブームや外車ブームが起き、一月一日の地価公示価格は、千代田区、中央区、港区の都心三区で前年比五三・六パーセントという急騰ぶりを示した。

新宿駅南口に近いオリエント・レディの新宿営業センターでは、いつものように午前八時前には営業マンたちが全員出勤し、仕事を始めていた。

矩形（くけい）の室内は、実務一点張りの殺風景さだ。唯一、営業マンたちがすわっている側の壁一面に灰色のスチールキャビネットがあり、そこにモデルが着た製品の案内がべたべたと張られている点が、ファッションを扱っていることを窺（うかが）わせる。

もう一方の壁には四角い壁時計があり、その下に営業マンごとの大きな成績表が張り出されている。室内に並べられている執務用の机は、裁断や縫製作業もできる大きな二

〜四人掛けの四角い天板のものである。

「ちょっと、みんな、聞いてくれ」

四階の扇の要の位置に陣取った百貨店営業担当取締役の塩崎健夫が呼びかけた。塩崎は本社役員室にも席を持っているが、営業の現場にいることが多い。

「今日、九時すぎに社長がくるから、みんな席にいてくれ。それから（百貨店）三部とグレード（量販店部）の連中にもくるようにいってくれ」

それを聞いて、営業マンたちは意外そうな表情になった。

社長の田谷毅一が営業所にくるのは決算期などで、普通は一週間以上前から告知され、あらかじめ執務エリアや倉庫の整理整頓をするのが慣例だ。

「社長からみんなに直接大事な話があるから」

営業マンたちは一斉に「はい」と返事をする。

「いったいなんだろうな？」

「いやあ、ちょっと想像つかんなあ」

営業マンたちは小声で言葉を交わし、小首をかしげる。

塩崎のほうを見ると、普段より淡々と仕事をしているように見えた。

午前九時すぎ、田谷毅一が、経営統括部の鹿谷保夫（しかたにやすお）をともなって部屋の出入り口に姿を現した。

「お早うございます！」

　戦場で総大将を迎える鬨の声のような挨拶が一斉に上がった。

　田谷につき従っている鹿谷は入社十年目。オリエント・レディでは珍しく旧帝大系の国立大学卒で、高卒という学歴に引け目を感じている田谷に目をかけられ、花形の百貨店営業のあと、経営管理という枢要な仕事についている。しかし、計数や会社の状況把握は中途半端で、田谷のイエスマンにすぎないと社内で軽んじられている。

　田谷は、百貨店の社員たちと対等に付き合えるよう、高学歴の社員を採用したがっていたが、仕事がきつく、給料も高くないオリエント・レディに入る国立大や早慶の卒業生はあまりいない。

「みんな……」

　高級スーツ姿の田谷が、整列した三十人ほどの営業マンたちに呼びかけた。

　次の瞬間、田谷の両目から涙がこぼれ落ちたので、営業マンたちは驚いた。

「誠に申し訳ない！　ラルフローレンを、オンワード（樫山）に持っていかれた！」

　そういってオールバックの頭を深々と下げた。

「えっ!?」

「うえーっ……！」

　営業マンたちの間から悲鳴や呻き声が上がった。

八年前に、婦人服の製造・販売のサブライセンス契約を獲得したラルフローレンは、押しも押されもせぬ会社の稼ぎ頭だ。

「すべては会社の責任だ。日頃、販売増に努力してくれている諸君らには、お詫びするしかない。このとおりだ！」

田谷は再び深々と頭を下げ、営業マンたちは、突然の事態に、茫然と立ち尽くした。

「我々のサブライセンス契約は二月で切れる。その後は、オンワードがラルフローレン用に作ったインパクト21という会社がサブライセンシーになる」

田谷は、涙の筋も乾かぬ顔で、きっと歯を食いしばる。

「我々のライバルはオンワードだ。この借りはきっと返す。諸君らには一丸となって努力してもらいたい」

「はいっ！」

営業マンたちから一斉に声が上がった。

上司から命じられたときは、たとえわけが分からなくても、元気よく返事をするのがオリエント・レディ流だ。

田谷は本社に戻ると、ＭＤの堀川利幸を呼び出した。

「お呼びでしょうか？」

細身の身体にスーツを着た三十歳の堀川は、多少緊張した面持ちで社長室に現れた。

「どうだ、忙しいか？」

社長の大きなデスクにすわった田谷が訊いた。先ほどとは打って変わって、傲然とした態度である。

大きな窓の向こうには、清水門（しみずもん）から日本武道館があるあたりまでの皇居の石垣や緑の杜（もり）が一幅の絵画のように見える。

「はい、普通に忙しいです」

堀川は臆することなく、自然体で答える。

田谷は、年齢にかかわらず、仕事のできる社員を大切にするところがあり、堀川もそうした一人だった。

「お前に、一つ新しいブランドを作ってほしいんだ」

「はっ。どのようなブランドでしょうか？」

「ラルフローレンに代わる正統派トラッドだ。もちろん、コンテンポラリー（現代的）で、優雅さも感じられるようなやつがいい」

「ラルフは、どうなるんですか？」

「残念ながら、二月で契約が切れたあとは、オンワードに持っていかれることになった」

「えっ、そうなんですか!?」

「まあ、いろいろあってな……。だから、お前に、ラルフに対抗できるような、国産のブランドを作ってほしいんだ」

「分かりました」

「もちろん、ただのコピーじゃ駄目だぞ。うち独自のブランドとして、長く売れるものを作ってくれ」

その晩――

「……おい、今日は、課長以上で飲みに行くぞ」

午後八時すぎ、まだ全員が残業をしている新宿営業センターの四階で、取締役の塩崎健夫がいった。

塩崎、百貨店第一部と第二部の部長、二人の次長、四人の課長は、三台のタクシーに分乗して、六本木に向かった。

「おお、不夜城みたいだな!」

「相変わらず、景気がいいなあ」

六本木交差点から飯倉(いいぐら)方向に延びる外苑東通りでタクシーを降りたコート姿の九人は、冷たい夜風の中で感嘆の声を上げた。

通りの左右に建ち並ぶビルの最上階までが色とりどりのネオン、照明、看板で宝石のように燦めき、地上は通行人でごった返していた。

赤いテールランプを灯したタクシーや乗用車が切れ目なく通りを流れ、右手の先に「ROI（ロア）」という赤いネオンの文字が壁に付いたどっしりとした四角いビルが見える。

そばに停まった黒塗りのセダンからは、ゴルフ帰りの広告代理店マン、テレビ局の担当者、スポンサーと思しい男たちが降り立ち、高級イタリアン・レストランに入って行く。

「さすが六本木！　ワンレン・ボディコンの聖地だなあ」

通りを歩く女性たちを見て、百貨店第二部の課長がいった。

「ワンレン」はワンレングス（フロントからうしろまでを同じ長さに切り揃えたヘアスタイル）の略で、長い頭髪を頭のサイドで分け、片方を肩の前に垂らすのが流行りだ。クラシックでフェミニンなイメージの「JJ」的なニュートラッドである。このヘアスタイルに、パッドでいかり肩にし、ウエストを絞り、短めのスカートをはいて、ボディラインを強調する「ボディコン」（「コン」は「意識的」から）を組み合わせたものが「ワンレン・ボディコン」と呼ばれる。

「ジュンコシマダにヴァレンティノのカシミヤコート、ノーマカマリのボディコンに、サンローランの口紅か……」

　連れ立って歩く女子大生らしい四人を見て、課長の一人がいった。銀座マダムも顔負けのリッチでゴージャスな雰囲気を漂わせている。

「あっちはシャネルに、テンポイントダイヤのロレックスと……どっから金が出てくるのかねえ」

　別の車から降りるクラブホステスふうの女性を見て、別の課長が嘆息した。

　羽織ったコートの下には、ノーカラーのシャネルのスーツ。胸元のネックレスと金色のチェーンベルトがアクセントのコンサバリッチで、前髪をトサカのように立て、きりりと化粧をし、夜の戦場に向かう緊張感を漂わせている。

「今日は、久しぶりにステーキでも食うか」

　塩崎がいい、オリエント・レディの男たちは、外苑東通りからビルの谷間に延びる細い通りに入る。

　左手の先には、「ギゼ」「チャクラマンダラ」「サンバクラブ」といった有名ディスコがひしめく十階建てのランドマーク、スクエアビルが夜の闇の中で輝き、ガラス張りのエレベーターの地上入り口前に入場希望者の長い列ができていた。

　ステーキ・しゃぶしゃぶで有名な瀬里奈本店は、三階建ての大型店舗で、店の前には黒塗りの高級車がずらりと停まっていた。店内には、テーブル席、鉄板焼きカウンター、個室、バー、ラウンジなどがあり、ビジネスマン、外国人、和服姿の水商売の女性たちなど、多数の来店客でにぎわっていた。

オリエント・レディの九人は、周囲に三十人ほどがすわれる大きな円形の鉄板焼きのカウンターにすわり、ビールで乾杯して食事を始めた。

「……塩崎取締役、今朝の件は、どういうことなんですか？」

香ばしく焼けたサーロインステーキをナイフとフォークで口に運びながら、百貨店第一部長が訊いた。

「ああ、あれなあ……」

塩崎はほかの客に聞こえないか、周囲を一瞥する。

「……ロイヤリティのごまかしが、バレたんだ」

「ええっ、そうなんですか!?」

「いつかはこうなると思ってたんだよなあ」

そういって塩崎は赤ワインを不味そうに飲む。

「社長に一度恐る恐るいってみたんだが、まったく取り合ってもらえんかった」

「いったい、どこからバレたんですか？」

「どうも、うちが売上げに入れてなかった専門店の数字が、なにかのきっかけで西武とラルフの耳に入って、これはどういうことなんだ、ってなったらしい」

「なるほど、そうでしたか……」

「先々週、西武とラルフから社長に呼び出しがあったそうだ」

「社長にですか!?」

「うむ。慌てて飛んでって、平謝りに謝ったらしいが、到底赦(ゆる)してもらえる話じゃないからな」

「そりゃあ、そうですねえ」

九人は浮かない表情で高級ステーキを黙々と食べた。


同じ頃——

瀬里奈と六本木通りを挟んで反対側の防衛庁檜町(ひのきちょう)庁舎に近い寿司(すし)屋で、東西実業アパレル第三部次長の佐伯洋平が、部下数人を連れて夕食をしていた。

カウンター席が十席ほどの小さな店だったが、ネタケースはその上に載せた大きな氷の塊でしっかり冷やされ、並べられている食材も高級品ばかりで、一見して普通の寿司屋でないことが分かる。一方の壁の半分はガラス張りで、その向こうは料亭にありそうな竹林ふうの庭になっている。

「……それじゃあ、お疲れ様！」

部下たちとともにカウンターにすわった佐伯がビールのグラスを掲げた。

「お疲れ様でーす！」

二十代から四十代の男女の部下たちも乾杯する。

旧財閥系の一流商社の社員らしく、皆、華やいだ雰囲気をまとっている。

「わたし、『纏鮨』にくるのが長年の夢だったんです」

二十代の女性社員が嬉しそうにいった。

昨今はここにこられるのが一つのステータス・シンボルになっている。客は、作家の田中康夫や読売巨人軍の江川卓など、著名人、芸能人、プロ野球選手、クラブホステス、地上げ屋、証券マンなど、札束の匂いがしてきそうな人たちが大半だ。常連がしばらく顔を見せないと、逮捕記事が新聞に出るというジョークもある。

「喜んでくれて嬉しいね。みんな、今日はぞんぶんに楽しんでよ」

佐伯は笑顔でいって、あわびの焼き物に箸をつける。

佐伯が率いるチームは、この年、外国のファッション・ブランドの製品やイタリア産の生地の輸入で莫大な利益を上げた。今日は社費での慰労会で、この店は、飲み物も含めると一人五万円はするので、夕食だけで三十万円ほどかかる。もちろん二次会にも繰り出す予定である。

「佐伯次長、お疲れ様でした」

隣にすわった課長が佐伯のグラスにビールを注ぐ。

二人は北イタリアのフランス寄りにある織物の産地、ビエラで開かれた展示会から帰ったばかりだ。アパレル・メーカーなど、日本のバイヤーたちを連れて行き、大量の輸入契約を成約した。

「やっぱり、『フェルラ』『レダ』『カルロ・バルベラ』あたりは、もの凄い人気ですね」

いずれもビエラにある名門生地メーカーだ。

「日本人は舶来物が好きだからなあ。最近は、プラートのものまで買い漁ってるし」

プラートはフィレンツェの近くにある生地の産地で、ビエラほど高級ではない。

「しかし、一回のＦＯＢ（船積み）で三億（円）、四億の成約がばんばんあるって、とんでもない時代ですよね」

「うん。いつまでこんなことが続くかねえ……。ちょっと恐ろしい気もするね」

翌月――

オリエント・レディ本社のデザイン・ルームは、女性が大半の職場で、壁には最新の流行色の見本や、社内外の新作のポスターが張られ、作業用の大きなテーブルでは、デザイナーの女性が三十六色の色鉛筆を使ってデザイン画を描いたり、型紙を作るパタンナーやワイシャツ姿のＭＤと打ち合わせをしたりしている。

ＭＤの堀川利幸は、デザイン・ルームで、亘理夕子という社内デザイナーから、あるファッション誌の特集ページを見せられた。

「堀川さん、ラルフに代わるブランドを探してるんですよね？　これなんかどう思いますか？」

　ふっくらとした身体つきで、黒いショートヘアの亘理が雑誌のページを開いて見せた。三十歳の堀川とほぼ同年輩で、新進気鋭のデザイナーだ。

ページに掲載されている写真を見た瞬間、堀川ははっとなった。

「おっ、これ、いいですね！　亘理さんも、いいと思ったんですか？」

「ええ、わたしも、これいいなあと思いました。女性はやっぱり、こういうきれいな服を着たいっていう究極的な願望があるので」

　それは甲賀雪彦という男性デザイナーの作品だった。

　トラッドというより、お嬢様服に近く、細身のスーツやワンピースは、襟のところに上品なリボンや蝶ネクタイでアクセントが施してあった。オフホワイトのツーピースは、首周りと袖口に紫暗色で縁取りがされ、フロントラインにも同じ色の縁取りと上下にリボンがあしらわれている。ブラウスやスカートはシースルーに近い柔らかい素材である。色づかいが美しく、非常にフェミニンで、攻撃的なワンレン・ボディコンとは対極にある。

「しかし、この人、名前は聞いたことがあるけど、今までそんなに目立ってないですよね？」

「元々あまり派手な活動は好まないらしくて、『まぼろしの雪彦』と呼ばれてるそうです。ただ一部の女性たちからは熱狂的に支持されてますね」

「磨いたら輝くダイヤの原石みたいなもんですか……。いずれにせよ、これ、ちょっとやってみたいなあ。部長に話してみます」


堀川が上司の商品企画部長に雑誌を持って行って話したところ、「俺もいいと思う。やってみろ」といわれ、早速、表参道にある甲賀雪彦のブティック兼事務所を訪ねた。

大きめのレンズの眼鏡をかけた甲賀雪彦は三十代半ばで、作品どおり繊細な雰囲気の男性だった。一方、甲賀の妻はスレンダーな美人の姉さん女房で、事務所の社長として、世知に疎い甲賀の世話をあれこれと焼いていた。また甲賀の弟が副社長で、数字に強く、頭の切れる人だった。

堀川は、オリエント・レディは新たなプレタポルテ（既製服）のデザイナーズ・ブランドを創りたいと考えており、今年の秋・冬物をターゲットに、アイデアとデザインを出してほしいと依頼した。大手アパレル・メーカーから声をかけられ、甲賀側も大いに乗り気になった。

間もなく、甲賀から企画案が出された。〈昭和六十一年　秋冬物商品企画原案〉という表題で、Ａ４判で三ページのコンセプトにたくさんの絵型が添付されていた。コンセプトは、現代の価値の多様化と格差社会に対する、万人に共通する「幸せ」という概念を重視し、ソシアルでフォーマルな商品になるよう、色や形を先鋭化させ、服のアクセサリー化にまで踏み込んで、非日常的なものにするというようなことが書かれていた。非常に難解で、堀川らは甲賀のいわんとするところの解釈に四苦八苦した。しかし、添付された絵型は、ヨーロピアン・エレガンスを思わせる、どれも素晴らしいものだった。

オリエント・レディは、プロジェクトのデザイナーに亘理夕子、パタンナーにも実力のある女性パタンナー二人を起用し、商品化を開始した。

春——

堀川は、できあがった商品化案を持って、商品企画部長、亘理夕子とともに、甲賀雪彦の事務所を訪問した。

「……ふーん、いやあ、いいんじゃないんですか」

堀川らが持参したデザイン画を見て、甲賀雪彦が満足そうにいった。

繊細そうな細面に大きめのフレームの眼鏡をかけ、音楽家のような雰囲気を漂わせている。

「わたしの考えた色やデザインも十分生かされてるしねえ」

商品化にあたっては、甲賀の考えた色はそのまま採用し、デザインは、絵型の多少デフォルメされた部分をパターンに落とせるよう修正を加えた。生地やボタンは、甲賀が指定した色や形に合うものを、商品企画部長と堀川が、ボタン屋や生地屋を回って探し、それでもない場合は、メーカーや機屋(はたや)に特注することにした。

「コンセプトは『センセーショナル・エレガンス』ですか……。インパクトがあって、いい響きですね」

事務所の副社長を務める甲賀の弟がいった。物言いがはっきりしており、芸術家肌だが、話すのは得意ではない兄の代弁者的存在だ。

「この、七号と九号しか作らないというのは、どういう意味があるんですか？」

商品化案の書類を見ながら、甲賀の妻が訊いた。スタイルがよく、都会的な雰囲気を漂わせた女性である。

婦人服は普通、五号（小柄）、七号（細身）、九号（普通）、十一号（やや太め）、十三号（もっと太め）というふうに作る。しかし堀川らは、七号と九号しか作らないと提案した。

「甲賀先生のお作品は美しいですから、作品が映える人にだけ着てもらって、『着る人を選ぶ服』というコンセプトで売り出したいと思っています」

「着る人を選ぶ服」というコンセプトは、甲賀の妻を見て、こういう美しい人が着たら一番似合うと思って考えたものだ。商品企画部長と二人だけのときは「デブには着せない」と話していたが、さすがに女性たちがいる前では、そこまであからさまにいえない。

「この一地区一店舗というのも、そういうことですか？」

オリエント・レディの提案は、一地区につき一店舗でのみ販売するというものだった。新宿はもちろん伊勢丹、池袋は西武、梅田は阪急、札幌は丸井今井、北九州は井筒屋、福岡は大丸などを予定していた。

「そうです。簡単には買えない服っていうイメージを作ろうと思っています。もちろんセールもやりません」

商品企画部長がいった。

四十代で、やや太めの体型だが、FIT（ニューヨーク州立ファッション工科大学）を出ており、仕事のセンスがあるだけでなく、酒、麻雀、歌など、なんでも器用にこなす。

「そういうやり方をすると、逆に購買層を狭める結果になりませんか？」

甲賀の弟が訊いた。

「もっともなご質問です。もちろんこのやり方は諸刃の剣です。ただ、我々としては、甲賀先生のお作品を大衆的な服ではなく、着る人を選ぶ特別な服というコンセプトで売り出してみたいと思っています」

堀川がいうと、甲賀雪彦ら三人がうなずいた。

秋――

堀川らは、満を持して甲賀雪彦のブランドを「YUKIHIKO KOHGA センセーショナル・エレガンス」と銘打ち、スーツ、コート、ワンピース、ツーピース、ジャケット、スカート、ブラウスなど二十七品目を売り出した。価格は、スーツが七万九千円から八万九千円、コートが十二万九千円、ジャケットは六万八千円、ブラウスは二万六千円から三万九千円など、高級DCブランド並みにした。カタログの写真には、細身でノーブルな顔立ちの若いモデルを起用した。撮影場所は、横浜の老舗ホテル、ニューグランドなどを使い、しっとりと上品な雰囲気を打ち出した。

商品を置けない店を担当している営業マンから苦情がきたり、海猫百貨店の烏丸薫から文句をいわれた八木沢徹が「先に商談が成立しまして。一地区一店舗なもので」と平身低頭で謝ったりしたが、堀川らは方針を貫いた。田谷毅一は、ブランド・ビジネスはよく分かっていないので、特になにもいわず、好きにやらせてくれた。甲賀のデザインと堀川らのマーケティングは的中し、秋から冬にかけての四ヶ月ほどで、下代（オリエント・レディの卸売価格）で約三億円を売り上げた。

この年、日経平均株価は、年初の一万三一三六円から年末には一万八七〇一円へと四二パーセント上昇した。

翌昭和六十二年には、一万八八二〇円から二万一五六四円へと一五パーセント上昇。十一月に、NTT（日本電信電話株式会社）の政府保有株式の第二回目の放出（百九十五万株）が実施されると、個人投資家が争うように応募した。人々はありとあらゆるブランド品を買い漁り、海外旅行に出かけ、新聞はリゾート物件の広告であふれ返った。

甲賀雪彦のブランドを立ち上げた堀川は、しょっちゅう表参道の甲賀の事務所を訪れ、甲賀が新たにデザインしたものについて意見交換をし、デザイナーの亘理夕子、二人のパタンナーと話し合って商品化し、春物、夏物、秋・冬物と、次々と新作を発表していった。甲賀のデザイン力は天才的で、堀川は、仕事をするのが楽しくて仕方がなかった。甲賀も堀川との仕事を楽しみ、ミーティングの最中に得意のデッサンで堀川の似顔絵を描いたりした。二年目の売上げは約六億円に達した。

昭和六十三年の九月後半になって、天皇陛下の容体悪化が明らかになると、全国的に祝賀行事やイベントなどが自粛されたが、熱病のような景気は変わらなかった。日経平均株価は、同年十二月七日に、史上初めて三万円の大台に乗せ、年末には三万〇一五九円を付けた。

翌昭和六十四年正月には、自粛ムードの中、「福袋」は「福」の字を取って「迎春袋」

や「お年玉袋」に名前が変わったが、三越本店がルノワールの絵画『花帽子の女性』とピカソの『マリー・テレーズ』を入れた「お楽しみ袋」を五億円で売り出すと、約二十件もの購入希望が殺到した。

一月七日、昭和天皇が八十七歳で崩御し、元号は平成に変わった。

昭和天皇が崩御して間もなく――

堀川は、突然、経理部担当役員に呼び出された。

「……おい、甲賀雪彦の今期の売上げはいくらだ？」

頭髪がだいぶ薄くなった役員は、自分のデスクの前に立った堀川に訊いた。

田谷毅一に命じられるまま、良心のかけらもなく会社の決算を操作し、イエスマンと社内で陰口を叩かれている男だった。

「十八億円です」

堀川が答えた。

初年度は約三億円、二年目は約六億円で、昨年は三倍の約十八億円に増えた。

「ロイヤリティはいくら払うんだ？」

煮ても焼いても食えなさそうな、サラリーマンの権化のような役員が訊いた。

「下代の五パーセントですから、九千万円ですね」

甲賀雪彦には、下代の五パーセントを払う契約になっており、昨年は約三千万円を払った。


「九千万円!?　お前、気は確かか?」

「はあーっ?　……でも、契約はそうなってますから」

「お前、もっとよく考えろ」

(よく考えろ、って……いったいなにを考えろっていうわけ?)

　相手の意図することが想像もつかない。

「甲賀雪彦のブランドは何番だ?」

「十番です」

　十番というブランド番号で売上げなどがコンピューター管理されていた。

「お前に七十九番をやるから、それでやれ」

　七十九番は、ずいぶん昔に廃止になったアマルフィというブランドの番号だ。

「いや、それは無理です。もう雪彦先生で手がいっぱいですから」

　てっきりアマルフィというブランドを再度立ち上げろという意味だと思って、堀川はいった。

「そういう意味じゃない。……甲賀雪彦のセールはいくらあったんだ?」

　甲賀雪彦ブランドはセールをしないのが基本方針だが、昨年はよく売れたこともあり、かなりの在庫が残ったので、例外的にセールをやった。

「セールは約八億円です」

十八億円のうち、通常で売れたのが十億円、セールが八億円だった。

「じゃあ、その八億を七十九番につければいいじゃないか」

「えっ!?　それは……！」

相手の意図がようやく飲み込めた。十八億円のうちセールの八億円を別勘定にして、十億円についてだけロイヤリティを払えというのだ。

「いいか、これは誰にもいうなよ」

「いや、しかし……、それはまずいんじゃないんですか？　契約違反じゃないですか」

「堀川、大人になれ！」

経理部担当役員は、厳しい口調で一喝した。

堀川は、経理部担当役員から二重帳簿をつけろといわれたことを上司の商品企画部長に相談した。

部長は「あのイエスマンの役員が、自分の一存でそんなことをいい出すはずがない。社長の命令だろう」といい、堀川もそう思った。「ただ、社長の命令なら、そうするしかないよ」というので、（この人も、仕事はできるんだけど、こういうときは迎合するんだなあ！）と、天を仰ぎたい心境だった。

振り返ってみると、甲賀雪彦のブランドが話題になり、繊研新聞などの業界紙やファッション誌から取材の申し込みがあったとき、会社から一切取材に応じるなといわれた。それはたぶん、話の内容から売上げがばれるとまずいと田谷が考えていたからだった。

結局、独裁者の田谷、経理部門担当役員、商品企画部長の意向の前には、三十三歳の一介のＭＤになすすべはなかった。

数日後——

堀川は、商品企画部長、デザイナーの亘理夕子と一緒に、表参道にある甲賀雪彦のブティック兼事務所を訪れた。この数日間悶々として、顔には疲労が滲んでいた。

「……今期の売上げは、いくらだったんですか？」

会議室のテーブルで、オリエント・レディの三人と向き合った甲賀雪彦が訊いた。堀川がいつも一生懸命やってくれるので、眼差しは温かく、信頼に満ちている。

左右に、事務所の社長を務める甲賀の妻と、副社長の弟がすわっていた。

「今年は、十億（円）でした」

堀川が躊躇うようにいった。

「えっ!?」

甲賀側の三人が驚く。

「堀川さん、十億ということはないでしょう？　前の年が六億だったんですよね。まあ、三倍はいかないかもしれませんけど……」

甲賀の弟がいった。

（さすが、いい勘してるなあ！　まさに三倍なんだよなあ）

この一年間、甲賀雪彦の商品は飛ぶように売れた。関係者は、三倍程度の売上げがあったことは肌で実感していた。

「いえ、十億で間違いありません」

商品企画部長がうつむき気味でいった。隣の亘理はいたたまれなくて、完全にうつむいている。

その様子から甲賀側は、十億円という数字は本当ではないと感じ取った。

「堀川さん、本当のことをいって下さい。わたしは契約書のことはよく分かりません。ただ自分のブランドがどの程度評価されたのか、知りたいだけなんです」

細面に大きめのフレームの眼鏡をかけた甲賀が、思いつめた表情でいった。

「………」

堀川は、返事ができずにうつむいた。

「堀川さん、どうなんですか？」

甲賀の弟の口調が厳しくなる。

「じゅ……」

堀川は十八億という言葉が、喉元で出かかる。

「……十億です」

「お願いします。本当のことをいって下さい！」

甲賀の声が悲痛な響きを帯びる。

うつむいた堀川の両眼から、ぽろぽろと涙がこぼれた。

「……十億、です……ぐすっ」

顔を涙で濡らし、洟をすすりながら、やっといった。

誰の目から見ても、嘘をついているのが明らかだった。

商品企画部長と亘理夕子は、相手の顔を見ることができず、うつむいたまま。

「そうですか。……分かりました」

甲賀の弟が怒りのこもった口調でいった。

甲賀雪彦は悲しげに、かたわらの妻は不信感もあらわな表情でオリエント・レディの三人を見ていた。

「今後、オリエント・レディさんと、どうお付き合いするかよく考えて、あらためてご連絡します」

翌日——

甲賀雪彦事務所から、オリエント・レディとの取引を解消すると通告があった。

堀川は、もはやこういう会社では仕事ができないと考え、辞表を書き、商品企画部長に提出した。

作品に惚れ込んで、手塩にかけて育てた唯一無二のブランドを土足で踏みにじられた思いだった。

その晩、営業マン時代の上司だった営業担当役員の塩崎健夫が「久しぶりに飲みに行くか」と誘ってきた。仕事はスパルタ式だが面倒見がよく、なにかあると飲みに誘い出し、優しく話を聞くのが塩崎流だ。

二人は、新宿ゴールデン街の店に出かけた。

「いろいろあるなあ……。でも堀川、辞めるなよ」

年輩の女性が一人でやっている古い店のカウンターで、塩崎は少し上を見上げるような表情でいった。

「堀川、辞めて甲賀さんのところに行こうって考えてるんじゃないのか？」

「いや、そういうことは……」

否定はしたが、図星だった。甲賀が受け入れてくれるなら、商品企画担当者として一緒に作品づくりを続けたいと思っていた。むろん甲賀にはまだ話してはいない。

「気持ちは分かるが、止めといたほうがいい。……会社につぶされることになる」

「どういう意味ですか？」

「オリエント・レディの力で、生地を買えなくされて、甲賀さんもお前もつぶされるってことだ」

「…………」

田谷毅一の生地の仕入れは、品質や納期に関してとびきり厳しいが、月末締めの翌月末現金払いという破格の好条件だ。そのため、どんな生地屋（機屋）でも取引を希望し、生地屋に対して絶大な影響力を持っている。

「しかし、四千万をケチって、十八億の売上げをふいにするってんだから、馬鹿な話だよな」

塩崎は、あきれた口調でいった。

「ラルフでしくじったのに、性懲りもなくまた同じことをやるんだから」

甲賀雪彦の作品は利益率が高かったので、セールを考慮に入れても、十八億円の売上げがあれば、粗利は六億円程度になる。

「社長の金に対する異様な貪欲さには、俺もついていけなくなるときがあるよ」

そういって塩崎はグラスの水割りを喉に流し込んだ。

「ただ大きな舞台でファッションの仕事を続けたいなら、オリエント・レディにいたほうがいいよ、堀川」

「………………」

「今回のことは、さすがに社長もまずかったと思ってるようだしな」

「そうですか？」

「うむ。利益もそうだし、売上げの面でも大きかったからな」

オリエント・レディの今期の売上げは約六百三十五億円で、そのうち十八億円が甲賀のブランドだった。

「堀川、これからお前のブランドは、三ヶ月ごとに、売上げの数字を客に渡せ」

「えっ!?」

「そうすれば社長だってごまかせないだろ」

「そんなこと……できますか？」

「お前が勝手にやればいいんだよ。契約書に書いてもいい。ほかのMDならいざ知らず、ヒットメーカーのお前には、社長も手出ししないだろう」

堀川は、目の前の水割りのグラスを見つめ、考え込む。

「もし手出ししたら、そのときに初めて辞めればいいんだ」

5

平成元年夏——

六年前に東大法学部を卒業し、通産省（現・経済産業省）の産業政策局民間活力推進室長補佐を務める村上世彰は、十日間の夏休みを利用して『滅びゆく日本』という小説を執筆した。

四百字詰め原稿用紙換算で約三百五十枚の作品は、平成二年の衆議院選挙で社会革新党（社会党がモデル）が第一党となり、連立政権を組むところから物語が始まる。

主人公は、村上自身が多分に投影された連立政権の官房長官で、アクの強い大阪弁で話し、金儲けと女が好きで、日本を動かすロマンを持った男である。東大時代からの友人が成功した投資家として登場し、不動産や有価証券の含み益があり、簿価（ないしは解散価値）が株式の時価総額を上回る会社の株を狙っていくくだりは、後年の村上ファンドの投資スタイルそのものだ。

村上は、主人公を通じて、不動産の評価額を時価に近づければ、固定資産税率を多少下げても大幅な税収につながり、証券会社が儲けすぎている株式の委託手数料を下げて投資家の負担を減らせば、有価証券取引税を引き上げて税収を増やすことができるという持論を展開する。

小説の後半では、主人公が暴漢に刺されて死亡したあと、日米貿易交渉が失敗して、米国がスーパー三百一条（不公正な取引慣行に関する貿易相手国との交渉・制裁に関する規定）を発動し、第五次中東戦争が勃発してホルムズ海峡が封鎖され、原油価格が急騰し、ソ連が日本の漁船八十八隻を拿捕し、函館港やむつ港をソ連の軍事港として開放するよう要求してくる。一種のパニック小説で、物語を通じて、農産物輸入自由化の必要性、原子力発電の必要性、日米安保条約の重要性などを訴える。

作品は、株や不動産に対する強い関心と、通産官僚の国士的思想が滲み出ており、村上の興味のありかや考え方をよく表している。村上は実名での出版を希望したが、たとえ小説の形であっても、一介の若手官僚が国家の政策を論ずる文書を発表すれば、物議を醸すのは必定で、結局、同省幹部の説得でお蔵入りとなった。

秋——

愛知県と岐阜県にまたがる織物の産地、尾州では、いつものように住宅地や水田を渡って、ガッシャン、ガッシャン、ガッシャン、ガッシャンと、規則正しい織機の音が近く、遠く鳴り響いていた。

古川毛織工業の二代目社長、古川常雄は、仕事の合間を縫って、会社の近くの喫茶店で年輩の同業者に会っていた。

　窓が大きく明るい店で、近所の人たちや、名古屋からセールスにやってきた証券マンなどが、テーブル席でコーヒーを飲んでいた。

「……『ちゃん、リン、シャン』か。なかなか上手いことを考えるもんだわな」

　毛織工業組合の行事の打ち合わせを終え、書類を茶封筒にしまいながら、年輩の同業者が、店内の壁に張られたシャンプーのポスターを見ていった。

　若者や中高生の間で、朝、出勤や登校前に髪を洗い、リンスやトリートメントをする「朝シャン」が流行っており、資生堂や花王などの化粧品メーカーがそれ用の商品を開発し、ブームに拍車をかけていた。

「ちゃんリンシャン」は、「ちゃんとリンスしてくれるシャンプー」の略で、ライオン株式会社が発売したリンス成分を配合した「リンスインシャンプー」のキャッチコピーだ。若手人気女優、薬師丸ひろ子のテレビＣＭでヒット商品になった。

「ところで古川さん、あんたんところは、設備投資はせんのかね？」

　コーヒーをすすって、年輩の同業者が訊いた。

　二人とも連日の長時間労働で目の下に隈ができ、全身に疲労感をまとっていた。

「どえりゃあ注文が増えても、子機の高齢化で、急には対応できんでよ。昔だったら考えられんかったような柄の間違いとか初歩的なミスも多いし。ましてや技術の向上なんて、考えてもおらんわ」

尾州の中心である尾西毛織工業協同組合には約二千九百五十社の機屋が加盟している。そのうち、商品企画・糸の確保・販売まで手がける親機は百五十社ほどにすぎない。それ以外は農家の裏庭のバラックに織機を一台から数台置いているような家族経営の下請けの子機だが、後継者難で廃業するところも多い。尾西地区では、十五年前に比べると、組合員数、織機台数とも四分の三に減った。

一方、バブル景気でウール地の注文が急増しており、数年前からどの機屋も一日十二時間から十四時間労働で対応している。それでも生産は追い付かず、本来は綿織物の産地である大阪府の泉州（泉佐野、貝塚地区）、滋賀県の高島地区、兵庫県の播州（西脇地区）などに注文が流れている。

「こうなったらもう、親機が自分の工場を拡張してやるしかしゃーないで」

消費者の高級志向によって、サイジング（毛羽立たないよう、織る前の糸に糊付けする作業）など、精度の高い準備工程が必要になり、その上、商社などからの注文が小口化し、納期も短くなった。

「まあ、おっしゃりてゃあことは、よう分かりますけど……。ただうちは、三年前に四千万も引っかかって、とてもそんな余裕はないんですわ」

古川常雄は、冴えない表情で小倉トーストを口に運ぶ。名古屋圏の特徴で一日中モーニングサービスをやっており、コーヒーを頼むと、小倉トースト、サンドイッチ、茹で卵などが付いてくる。

「親父は一千万、息子は四千万で、まったく情けない話ですわ……」

昭和一桁生まれで五十代後半の古川は自嘲的にいった。

今は八十歳をすぎ、隠居した初代社長に似た、痩せて朴訥とした職人らしい風貌である。

「そんなの、このご時世、銀行にいえば、いくらでも融資してくれるがね。引っかかりなんて、儲けでカバーすればいいだわ。今どき、親機で設備投資をやらん会社なんてないがね」

尾州一帯では大設備投資ブームが起きていた。

新たに導入されているのは、ションヘル織機の三、四倍の速度で生地を織り上げていく革新織機や、同六～九倍の高速織機だ。具体的には、レピア織機（二つの細長い金属の棒あるいはバンドが織物中央で緯糸を受け渡すつかみ式が主流）、ウォータージェット織機（水の噴射で緯糸を飛ばす）、エアジェット織機（空気の噴射で緯糸を飛ばす）などである。

「岩仲さんも中伝さんも大規模な設備投資をやったし、みんな攻めの経営に打って出とるがね」

尾州屈指の大手、岩仲毛織（岐阜県輪之内町）は、約五万平米の敷地に二十億円を投じて新工場を建設中だ。新工場では約二百人が働き、敷地内には、食堂、野球場、テニスコートも備える。別の大手、中伝毛織（愛知県尾西市）は、すでにある高速織機百二十台に加え、鉄筋二階建ての新工場を建設し、エアジェット織機四十八台を導入した。

「あと、橋本さん、野田さん、中外さんなんかもやっとるでいかんがね（やってるじゃないかね）」

紳士服地大手の橋本毛織（愛知県一宮市）は三年前に七千万円を投じて高速織機を八台導入、高級婦人服地を生産する野田健毛織（同）は高速織機を十六台から二十台に増やし、九十八台の織機を持つ大手、中外国島（同）も高速織機を八台導入したほか、糸巻機など周辺設備も更新した。

「古川さん、オートバイと自転車が競走したら、どっちが勝つかは、はっきりしとるわ。今、決断せんでどうするの」

「うーん、しかし……」

古川は首をかしげる。「（年商）十億の企業は五十億、三十億の企業は百億を目指すような設備拡張をやっとるのですわな？　みんながそんなことをしたんじゃ、いずれ供給過剰になるんじゃないですか？」

「それはだから、外注さん（子機）の生産を肩代わりする分があるし、景気もますますようなっとるし、そんなに心配することないんだわ」

年初に三万〇二四三円で始まった日経平均株価は、八月に三万五〇〇〇円を突破し、四万円を窺う勢いだ。

「うーん、そうなんですかね……。しかし、ウールは生き物だからなあ」

化学繊維と違ってウールは、毎年素材の品質が違う。同じオーストラリアの高級品、メリノウールであっても、その年の気象条件や風土の影響を受け、毛の長さ、太さ、クリンプ（縮れ）、弾力性、色、艶などが微妙に違ってくる。それを的確に見分け、最高の生地にすることに古川はやりがいを見出しており、心情的にも高速織機による大量生産は好きになれない。そもそも多品種少量生産が尾州のお家芸だ。

「まあ、おたくは先代から、ションヘル一筋の頑固もんだでいかんわな」

年輩の同業者は苦笑いし、ひとまず説得を諦めた。

「さあ、そろそろ仕事に戻りますか。五分、十分でも無駄にできないご時世だでよ」

二人は椅子から立ち上がった。好景気のおかげでやるべき仕事は、お互い山ほどある。

それから間もない十一月九日、東ドイツと西ドイツを隔てていたベルリンの壁が崩壊した。

十二月三日には、マルタ島で首脳会談を行ったジョージ・H・W・ブッシュ米大統領とゴルバチョフソ連最高会議議長（共産党書記長）が、第二次大戦末期のヤルタ会談から始まった東西冷戦の終結を宣言した。

日経平均株価は上昇を続け、平成元年の最後の立会である大納会（だいのうかい）（十二月二十九日）で史上最高の三万八九一五円を付けた。

第七章　カテゴリーキラー台頭

1

四万円乗せは時間の問題と見られていた日経平均株価は、平成二年に入った途端、下落を始めた。

さらに四月に大蔵省（現・財務省）が導入した総量規制（金融機関の不動産業向け融資の抑制指導）が、地価下落の引き金を引いた。八月二日には、イラクがクウェートに侵攻し、世界経済の先行き不透明感で、日経平均株価は八月だけで三万一〇八六円から二万五九七八円へと急落した。

年末の大納会の終値は二万三八四八円で、一年間で約四割の価値が消失した。

翌平成三年八月下旬——

　東京は、お盆の頃に落ち着いた蒸し暑さがぶり返し、三十度を超える日が続き、時おり雨が降る不安定な天候だった。

　オリエント・レディのＭＤ堀川利幸は、社長の田谷毅一から呼び出しを受けた。

「……どうだ、忙しいか？」

　社長室の大きなデスクで、各支店からの売上げ報告に目を通していた田谷が訊いた。

　黒々としたオールバックの顔に一段と貫禄と渋みがついていた。社長になって十二年が経ち、取締役会は自分の息のかかった役員で固めて盤石の体制を築き、社長になったきっかけのクーデターを画策した池田定六の甥は三年前まで副社長、現在は監査役として遇し、完全に牙を抜いた。

「はい、普通に忙しいです」

　三十六歳になった堀川は、普段どおり物怖じせずに答える。

　甲賀雪彦事件以来、田谷に対しては警戒感を持っていたが、表面的には淡々と接していた。自分の扱うブランドの売上げ実績を三ヶ月ごとに客に渡していたが、塩崎が予想したとおり、田谷はなにもいわなかった。しかし、ほかのＭＤのブランドでは、相変わらず売上げのごまかしをやっているという話である。

「そうか。悪いんだが、もう一つ担当してくれ。新しいブランドだ」

「はっ、分かりました」

田谷の下命にノーは許されない。

「フランスのローランド・デュレと提携してやる」

ジャクリーン・ケネディ・オナシスやマリリン・モンローといった歴史的アイコンからインスピレーションを受け、一九七〇年代初頭にパリで創業したブランドだ。シンプル&シックでスーパー・フェミニンなスタイリングは、キャリアウーマンの間で人気が高い。

「来年の春物ですか？」

堀川の問いに、田谷がうなずく。

「それでな、十月二十二日に展示会をやることに決めたから。それに間に合うように企画してくれ」

その言葉を聞いて、堀川の全身の毛穴から緊張感で汗が噴き出す。生地を作り、パターンを作り、新商品を作るには、二ヶ月では到底足りない。

「どうだ、できるな？」

田谷がじろりとした一瞥をくれる。

できないなら、MDはクビだと顔に書いてある。仕事のできる社員には寛大だが、できない社員には冷酷だ。

「はい」

堀川は全身を冷たい汗で濡らし、返事をした。

「それで、なにを作るか決まってるんですか？」

「売れればなんでもいい。好きに作ってみろ」

ブランドを育てるより、営業重視の日本のアパレル・メーカーの社長らしい言葉だ。

「なんでもいいが、アクアスキュータムに負けないようなやつを作れ」

田谷の両目が闘争心でぎらついた。

アクアスキュータムは、英国王室御用達（ごようたし）の老舗ブランドで、昨年、レナウンが年商の一割近い約百九十億円を投じて買収した。ブランド名はラテン語の水（アクア）と盾（スキュータム）を合わせ「防水」を意味している。クリミア戦争時に英国が将校用のコートを同社の生地で作ったことで知名度が飛躍的に向上し、俳優のハンフリー・ボガートやサッチャー前首相などが愛用している。

「先方と相談して、とにかくなんでもいいから、アクアスキュータムを蹴散らせるようなものを作れ。いいな？」

バーバリーと提携している三陽商会に続き、ライバル社が海外の有力メーカーを手中に収めたことに田谷は焦りと負けん気をかき立てられていた。

翌週——

パリ市は発祥の地、シテ島を中心として渦巻き状に二十区に分けられている。

ローランド・デュレの本社は、市内中心部の商業地区である二区にあった。敷地はニューヨークにあるような細い二等辺三角形で、四車線のレオミュール通り（rue Réaumur）に面している。東に向かってまっすぐ流れる一方通行の通りの彼方には、なにかの尖塔が二つ見える。近くには、列柱を持った砂色の石造りのどっしりとしたパリ証券取引所（現・ブロンニャール宮殿）が建っている。

ローランド・デュレの旗艦店兼本社は、植物の装飾が付いた柱が並ぶ七階建ての砂色のビルだ。地上階（日本でいう一階）がショールーム、一階から上がオフィスになっている。

（なるほど、こんな感じか……。フランス流トラッドだな）

堀川は、ビルの外側に佇み、大きなガラスのショーウィンドーに陳列された服を眺める。

品がよく、フォーマルな感じの服が多いが、色づかいはフランスらしく鮮やかで多彩だ。シャツやブラウスは、赤、ピンク、薄いオレンジ、薄紫などの柄物である。

（ふーん、紺ブレか……）

色鮮やかなシャツやブラウスに、高級そうな紺や茶のブレザーやコートが組み合わされ、キャリアウーマン的な香りを醸し出していた。

「ボンジュール」

堀川が店内に入ると、売り子の若いフランス人女性が、軽やかな声で挨拶をした。

堀川はショールームを一通り見て歩き、売り子の女性の一人に、オリエント・レディからミーティングにやってきた者であると自己紹介した。英語はMDになってからカセット・テープ付き教材と実務で習得した実戦英語だ。

「プリーズ、カム・ディスウェイ（こちらへどうぞ）」

売り子の女性が、フランス訛（なま）りの英語で、堀川を正面入り口を入って右手にある目立たないドアへと案内する。

白いドアを開けると白い階段があり、やはり白い壁にROLANDE DURETという文字がレリーフで入っていた。

「ウェルカム・トゥ・パリス！」

一階（日本でいう二階）に上がると、ファッション業界で働く人々らしい華やいだ雰囲気を漂わせた三十代から四十代と思しい男女三人が待っており、握手の手を差し出した。

まっすぐな廊下の両側がオフィスになっており、開け放たれたドアの向こうで、ファッション・メーカーらしく、マネキン、ハンガーラック、服の見本、ポスター、材料の布地などがあちらこちらに置かれ、パリらしい明るさと華やぎを感じさせる空気の中で、社員たちが働いていた。

翌日――

ローランド・デュレとのミーティングを終えた堀川は、シャルル・ド・ゴール空港二番ターミナルからエールフランス1330便に乗り込んだ。東西実業のミラノ事務所などで、イタリアのファッション動向を聞くためだった。

堀川が乗ったエアバスA310型機は、午後の早い時刻に離陸し、一時間ほどで、万年雪を頂いたアルプスの山々を越えた。やがて眼下に緑豊かなロンバルディア平原が広がり、機長がフランス訛りの英語で「フィフティーン・ミニッツ・トゥ・ランディング(十五分後に着陸します)」とアナウンスした。

機は定刻どおりミラノ・マルペンサ空港に到着し、堀川は空港ビル前に停まっていたタクシーを拾ってホテルに向かった。

(この日差しは、さすが南欧だな……)

石畳の道を走るタクシーの窓からサングラスごしに街並みを眺める。

長いイタリアの歴史と、ファッション産業と金融ビジネスの活気が混じり合い、独特のエネルギーを感じさせる。真っ青な空からは、容赦のない太陽の光が降り注いでいた。

ホテルは、ミラノの中心ともいえる壮大なゴシック様式の大聖堂(ドゥオーモ)の西側を南北に延びるマンゾーニ通り（Via Alessandro Manzoni）の一角に建つ、格式あるホテルだった。ロビーに一歩足を踏み入れると、外の強烈な光に慣れていた目には、薄暗く感じられた。渋い黄色と金色を基調にした内装が落ち着きのある高級感を醸し出し、古代ローマふうの列柱が立ち並んでいる。高い天井や壁は、水色の植物模様の帯で縁取られている。天井には、パステルカラーでイタリアの都市、教会、橋、田園などが描かれている。

ロビーの奥にはバーがあり、そばの大きなシャンデリアの下に、大理石で作った泉がある。澄んだ水を湛え、ロビー内に冷気を送り込んでいる。泉の中央には、怪魚を銛で仕留める少年の像がある。

「ウェルカム、ミスター・ホリカワ」

ショートヘアで、日に焼けた肌のレセプションの中年女性が、巻き舌の英語でいって微笑んだ。襟の広がった白いブラウスに黒のジャケット姿で、客をてきぱきと捌き、イタリアの肝っ玉母さんという感じである。

チェックインを終え、堀川は一基だけあるエレベーターで三階（日本でいう四階）に上がると、客室の扉を開けた。

部屋もロビー同様、天井が高かった。

金色で小ぶりのシャンデリアが下がっており、木製の机と椅子は渋みのある光沢を発している。ライティングデスクの四本の脚は、接地部分が獣の足の形、上の方は金色の女性の胸像で、これが天板を支えている。デスクの上には金色の電気スタンド、ホテル名が金色で刻まれた茶色い革製のレターケースとデスクマットが置かれている。ミニバーも木製で、金色の丸い花模様や翼を持ったライオンの装飾が付いている。ベッドの茶色の木枠はニスが丁寧に塗られ、装飾を凝らした剣や、二つの人頭から吐き出される噴水を二羽の不死鳥が左右から飲んでいる図柄の装飾が金色の金具で留められている。シーツはぱりっと清潔で、見た目も気持ちがよい。

（さて、どういくか……）

堀川はライティングデスクの前にすわり、自問した。

ローランド・デュレからは、自分たちのブランドのテイストにふさわしいものを考えてくれと依頼された。

（売れて、長続きしなきゃ、話にならんしなあ……）

思案しながら、部屋の壁に掛けられた絵をぼんやり眺める。

凝った装飾が施された茶色の額縁に、イタリアの海辺の村と農村の羊飼いを描いたモスグリーンの銅版画が収められていた。

（……とりあえず、モンテ・ナポレオーネ通り〈Via Monte Napoleone〉でも見てくるか）

しばらく考えたあと、椅子から立ち上がった。

パリのフォーブル・サントノレ通りのように、世界の一流ファッション・ブランドが軒を連ねる通りだ。

堀川はサングラスをかけ、細身に紺のポロシャツと生成りの綿パンという軽装でホテルを出た。

モンテ・ナポレオーネ通りは、宿泊しているホテルがあるマンゾーニ通りと直角に接し、サン・バビラ広場に向かって南東に延びている。五〇〇メートル弱の通りの左右に三～五階建ての歴史を感じさせる石造りの建物が軒を連ね、ヴェルサーチ、グッチ、プラダ、フェラガモ、ブルガリ、ルイ・ヴィトンなどのブティックが入っている。

堀川は暑い日差しの中、ブティックを一軒一軒見て歩いた。

客は地元の人々、金を持っていそうな米国人、アラブ人、ヨーロッパ人など。白髪で日に焼けた肌のイタリアの老人が、サングラスをかけ、鮮やかな水色のジャケットを着て颯爽(さっそう)と歩いていたりする。バブル崩壊前は日本人客も多く、日本人店員が接客している店もある。

(おっ、これは……!)

一軒の店の前で、堀川は足を止めた。

アーチ形の大きなショーウィンドーに、ずらりと紺色のブレザーが陳列されていた。

どっしりとした三階建ての石造りのビルの壁には、金色の文字でGIORGIO

ARMANIと彫り込まれている。

(この紺ブレ、新しいなあ!)

紺のブレザーは昔からあるが、しばらくマーケットから忘れられており、アルマーニが新商品として出したものが、新鮮に感じられた。

(これは、ファッションの周期で、ブームがくるんじゃないか……?)

二ヶ月後(十月二十一日)――

堀川は、オリエント・レディ本社内の大会議室で、商品企画部のスタッフらと一緒に、展示会の準備をしていた。

壁に「ローランド・デュレ」の額入りポスターが掛けられ、パンフレットや飲み物を置くテーブル、スポットライトなどが用意されていた。

室内中央のハンガーラックには、ローランド・デュレのオリジナル商品のほか、日本企画の商品として紺色のブレザーがずらりと吊るされていた。

展示会は翌日で、バイヤーやメディア関係者が多数やってくる。

「堀川さん、モデルさんの控室なんですけど、こんな感じでいいですか?」

デザイナー見習いの女性が、部屋のレイアウト図を示して訊いた。黒シャツの胸元に太い銀のネックレスが見え、業界人らしく洗練された服装である。

「うん、これでだいたいいいと思うけど……」

堀川はブレザーを点検していた手を止め、レイアウト図に視線を落とす。

「モデルさんは、タバコを吸う人が結構いるから、灰皿を用意しといてもらえるかな」

「あっ、はい。分かりました」

そのとき、部屋の出入り口がざわついた。

「あっ、お疲れさまです！」

「お疲れさまでーす！」

社員たちの挨拶を浴びながら、ワイシャツにネクタイ姿の田谷毅一のがっしりした姿が現れた。七階の社長室から、様子を見に降りてきたようだ。

「ふーむ、紺ブレか……」

ずらりと吊るされた紺色のブレザーを見つめる。

「いい色だな。どこの機屋に作らせた？」

堀川のほうを見て訊いた。

「尾州の古川毛織工業です」

「これは『トロピカル』だな？　従来のより、ずいぶんいい感じじゃないか」

田谷が指で生地の感触を確かめながらいった。

「トロピカル」は紳士用の夏服地としてポピュラーなウール地で、通気性がよく、プレスを強く当てられるよう頑丈に作られている反面、少しテカテカした印象を与える。暑い地域に適しており、マレーシアやインドに輸出されていたことから、この名が付いた。

「はい。素材の膨らみを大事にして、テカテカしない生地に仕上げてもらいました」

「なるほど。それで、いくらで売るつもりなんだ？」

「三万九千円です」

「強気だな。大丈夫か？」

「大丈夫です。ローランド・デュレみたいなトラッドにはブレザーがつきものですから。たぶん、来年の春は紺ブレがくると思います」

「アプルーヴァル（承認）は取れてるんだな？」

「はい、取れています」

外国のブランドを扱う場合、生地、デザイン、その他について先方の承認を細かく得る必要があり、常に苦労を強いられる。絵型と生地でオーケーをもらっても、上がってきた製品を見てノーといわれる場合もある。堀川はこの二ヶ月間、シャトル便のように日本―パリ間を何度も往復し、緊密に意思疎通をはかりながら、日本市場向け商品を開発した。

「うーむ……」

田谷が両手でブレザーの一着に触れ、あちらこちらを仔細に点検する。

「ボタンはダブルとシングルの二種類なんだな?」

「はい、そうです」

「この襟は、もう少しだけ角度を付けたほうがいいだろうな」

襟に視線を凝らしていった。

「それから裏地の下のほうの縫い目の皺(しわ)が気になる。縫製は完璧にやらせるんだ。ウエストはもう少し絞り気味のほうが、きりっとした感じが出るはずだ……」

恒例の「田谷チェック」が始まった。

堀川らは指摘された点を逐一手帳に書き留めていく。経験豊かな田谷の指摘は的確で、一味違う商品になると定評があった。来年の春物の商品なので、あらためて先方のアプルーヴァルを取り、手直しする時間は十分ある。

翌日——
展示会は盛況で、午前中のうちに三十社近い百貨店のバイヤーが紺のブレザーの仕入れを決め、パリからやってきたローランド・デュレの社長らを喜ばせた。伊勢丹の婦人服第三部長になったバイヤー、湊谷哲郎(みなとやてつろう)も姿を見せ、「おい竹槍(たけやり)、いいの作ったじゃないか。これは売れると思うぜ」と堀川の肩を叩いた。

翌平成四年三月一日——
オリエント・レディは、異例の五千着の在庫を用意し、満を持して紺のブレザーを市場に投入した。商品は、「田谷チェック」のおかげで、品格を感じさせる申し分のない仕上がりになった。

翌日（三月二日）——

日本経済の心臓部、東京・丸の内の一角に本社を構える旧財閥系大手総合商社、東西実業のアパレル第三部では、いつものように部員たちが電話をしたり、打ち合わせをしたり、原糸や織物の相場をホワイトボードに書き込んだりしていた。

就職人気も高い大手総合商社らしく、白を基調にしたすっきりと近代的なオフィスである。あちらこちらに、ハンガーラックにかかった服の見本や「バンチブック」（生地見本帳）、商品のパンフレットなどが置かれているのが、アパレル部門らしい。

部長の佐伯洋平は、部下の課長から報告を聞いていた。

「最近、アパレル・メーカーさんから、イタリア物に対する苦情が多くなりまして……。主に品質と納期なんですが」

佐伯のデスクの前にすわった大手アパレル各社を担当している課長がいった。三十代後半で、真っ白なワイシャツにストライプのネクタイを締めている。

「そうか。やっぱり、イタリア製品ならなんでも輸入してきた咎めが出てきてるんだろうなあ」

体重一〇〇キロの巨体をワイドカラーの淡いピンクのシャツで包んだ佐伯がいった。ノーネクタイで、胸元を開けた姿は、石原裕次郎かエルビス・プレスリーである。

バブル期の昭和六十一年から平成元年にかけて、衣類のイタリア製高級品ブームに乗り、イタリア製高級毛織物の輸入が年平均五〇パーセントの増加を続け、東西実業も大きな利益を上げた。しかし、バブル崩壊とともに減少に転じ、メーカーの目も厳しくなった。

「ところで、昨日発売されたオリエント・レディの『ローランド・デュレ』の紺ブレ、相当売れてるらしいな」

「はい、一日で八百枚くらい出たそうです」

「えっ、そんなにか!?　じゃあ、追加注文くるな」

オリエント・レディは、古川毛織工業だけで五千着のブレザーに必要な「トロピカル」をまかなえないので、東西実業などを通じて調達していた。

「たぶん、くると思います」

課長も緊張した表情。

オリエント・レディの田谷毅一の、納期と品質についての厳しさは業界で鳴り響いている。「きみのところは、何月何日までに、この商品を何反できるか？」と訊かれ、「できない」と答えると一反も注文が入らず、「できる」と答えるとすべて入る。納期遅れは絶対に許されず、もし遅れると次のシーズンは注文がゼロになる。「うちは大量発注をするんだから、最優先でやってくれ」が口癖である。一方、支払いは月末締めの翌月末現金払いという好条件だ。

「あの紺ブレ、何枚作ったか聞いてるか？」

「五千枚らしいです」

「五千枚か。その売れ行きだと、二、三週間で蒸発（完売）するな」

佐伯の言葉に課長がうなずく。

「となると、次は一万枚くらいか……。それだと三百三十反は要るな」

ウール地は幅一四八センチで織られ、五〇メートルで一反である。一反からブレザーなら三十着、スーツなら十七着くらいを作ることができる。

「抜け目のない田谷社長のことですから、おそらく半分くらいは、手当済みだと思います」

「だろうな。……もし一ヶ月半だったら、何反できる？」

「ちょっと待って下さい」

課長が手帳を開き、取引先の機屋のリストをチェックする。

「一ヶ月半なら四十五反、二ヶ月なら七十反ですね」

「分かった」

佐伯が机上のブロックメモを一枚剝がし、万年筆で数字をメモする。

「佐伯部長、お電話が入ってます」

そばにすわった秘書の女性がいった。

「オリエント・レディの田谷社長からです」

「きたっ！」

二人はどきりとした表情で顔を見合わせる。

「あー、オリエント・レディの田谷だが」

電話が繫がれると、五十七歳にして若干だみ声がかった田谷の声が流れてきた。

「社長、いつも大変お世話になっております」

佐伯は受話器を耳に当てたまま、頭を下げる。

「あのなあ、例の『トロピカル』な、きみんところで、四月十五日までに六十反できるか？」

一ヶ月半で六十反の要請だ。

「はっ、もちろんでございます！　喜んでやらせて頂きます！　有難うございます！」

佐伯は数字と納期をメモしながら答えた。

メモを見て、目の前の課長の顔に緊張が走る。

「そうか。おたくが引き受けてくれるなら大船に乗った気分だな、はっはっは。では宜しくお願いする」

電話ががちゃりと切られた。

「これで受けたぞ。もうやるしかないから。頑張ってなんとかしてくれ」

佐伯は青ざめた顔で受話器を置き、課長にメモを渡した。

「分かりました。手を尽くしてなんとかします！」

その直後——

尾州の古川毛織工業にも田谷毅一から電話が入った。

「……おたくに例の『トロピカル』な、一ヶ月半後に七十反納めてほしいんだが、できるかい？」

同年配の相手に対し、ややぞんざいに訊いた。

「有難うございます。やらせて頂きます！」

作業服姿の二代目社長、古川常雄は内心の動揺を抑え、はっきりと答えた。

「そうか、じゃあ、よろしく頼むぞ」

「はいっ」

古川は受話器を置くと、急いで社長室がある事務棟から外に出て、枝ぶりのよい松の木々が生える敷地の奥に建っている鋸形屋根の工場に向かった。

工場内には、北向きの天窓から均一な光が入り、うっすらと機械油の匂いが漂っていた。かつての女工たちに代わり、年齢も性別も様々な作業員たちが、綜絖通しや切れた糸の交換作業などをしている。

いつものようにションヘル織機が、ガッシャン、ガッシャン、カッシャン、カッシャンと規則正しい音を立てて生地を織り上げていた。全部で十台あるが、動いているのは六台だ。バブル崩壊後の不景気で、尾州は受注減に苦しむようになった。

古川は、トイレットペーパー状に巻き上げられた糸がずらりと並ぶ経糸を準備する機械の前で、前掛け姿の女性作業員と話していた工場長に歩み寄る。

「おい、きたがや。オリエント・レディから『トロピカル』の追加注文が」

織機の騒音に負けないよう、大きな声でいった。

「やっぱりきましたか。何反ですか？」

黒のトレーナー姿の中年の工場長が訊いた。

「一ヶ月半後に七十反だに」

「うっ……！　結構厳しい数字ですね」

「うん。でも、このご時世だから、なんとしてでも受けないかんわ」

古川の言葉に工場長がうなずく。

「機械、何台空けられる？」

「最大で七台ですね」

「七台だと、前後の作業も入れると、無理やり頑張っても一ヶ月半で三十五反か……」

ションヘル織機はエアジェット織機の九分の一のスピードで、一反織るのに三日間かかる。七台だと三十五反を十五日間で織れる。しかし、織る前に、撚糸、糸染め、綜絖通しなどの準備が必要で、これに最低二週間半を要する。また織ったあと、修正（生地補修、中間補修、仕上げ補修）と染色整理加工が必要で、これらは超特急でも二週間かかる。

「残りの三十五反は外注さん（子機）にお願いするしかないですね」

工場長の言葉に古川はうなずく。

オリエント・レディからの追加注文に備え、子機のいくつかに話はしてある。

「糸は大丈夫かね？」

注文をこなすには、大量の糸がなくては話にならない。

「大丈夫です。確保してあります」

「分かった。じゃあ、これから外注さんにお願いしてくるわ」

そういって足早に工場を出ると、古川は軽自動車に乗り込み、子機回りに出かけた。

2

「ローランド・デュレ」のブレザーが快調に売上げを伸ばしていた頃、日本の証券市場に暗雲が垂れ込めていた。

前年夏に野村証券をはじめとする大手証券各社が顧客に損失補塡を行なっていたことが発覚したのに加え、三月に入って、東京佐川急便事件と証券各社による「飛ばし」問題が市場の先行きに暗い影を落とした。前者は、東京佐川急便が指定暴力団、稲川会に対して巨額の債務保証や資金提供を行なっていた問題で、自民党の金丸信副総裁を巻き込む政界スキャンダルに発展する様相を呈していた。後者は、顧客の損失を他の顧客に付け替える「飛ばし」という違法行為で、大和証券の同前雅弘社長が三月十一日に辞任した。

三月十六日、それまで二万円台ぎりぎりで低空飛行を続けていた日経平均株価は、ついに一万九八三七円まで落ち込んだ。その後も、株価はじりじり下げ、六月末には一万五九五一円になり、バブル崩壊は決定的となった。

企業は交通費、広告宣伝費、交際費の「３Ｋ」の削減を始め、一般の人々も財布の紐を締めた。バブル期に売れた高額商品はもちろんのこと、衣料品の売上げ減も深刻になった。一方、安価で量もあるもつ鍋が流行し、「ジモティー」という言葉が登場し、人々は遠出をせずに地元で安く楽しむようになった。

この頃になると、小売業界で新たな勢力が台頭し始めた。ビックカメラ、ヤマダ電機、しまむら、マツモトキヨシ、トイザらスなど、特定分野（カテゴリー）の商品を大量に揃え、低価格で販売する「カテゴリーキラー」（分野破壊者）だ。彼らが、百貨店やスーパーのシェアをどんどん侵食していった。


十月八日（木曜日）——

東京は曇り空で、北寄りの風が少しあったが、明け方の気温は十三度台で、秋らしい日だった。

午前六時半、夜が明けて間もない銀座二丁目の中央通りの歩道に、二百人ほどのサラリーマンの列ができていた。銀座松屋のはす向かいで、以前は銀行の店舗だった場所だ。正面出入り口の上に「洋服の青山」という白い文字があった。

紳士服のカテゴリーキラーで、「ロードサイド型専門店」と呼ばれる青山商事の歴史的な銀座進出だった。

「俺、今日、朝寝坊するところだったよ」

「寝坊したら、塩崎さんに往復びんただからな。俺は目覚まし二個かけて寝たよ」

行列の中で、オリエント・レディの二人の若い営業マンが、言葉を交わす。

昨年、百貨店営業担当常務に栄進した塩崎健夫に命じられ、ついに銀座にまで進出してきた「洋服の青山」の商品を買いにきたのだった。

同社は、昭和三十九年に、創業者の青山五郎が三人の弟（うち二人は義弟）と広島県府中市で創業した紳士服販売会社だ。アパレル・メーカーに発注した分すべてを買い取る仕入れ方式でコストを抑え、バン三台で県内を行商した。

昭和四十七年に、青山五郎は米国西海岸を視察した際、郊外型ショッピングセンターが多くの客を集めているのを見て、日本でも車社会の到来で同様の形態が発展すると考え、同四十九年に広島県賀茂郡西条町（現・東広島市）に最初の郊外（ロードサイド）型店舗を開いた。

「スーツは嗜好品ではなく、消耗品。サラリーマンの一ヶ月分の小遣いで買えるべき」という哲学のもと、紳士服専門店や百貨店の半分から三分の一という価格を武器に、着々と全国に店舗網を広げていった。昭和六十二年四月には店舗数が百を超え、同年、大阪証券取引所二部に上場した。

バブル崩壊後の倹約志向は、さらに追い風となった。平成元年三月期の年商が四百九十三億円だったのが、去る（平成四年）三月期は千百六十七億円で、わずか三年間で約二・四倍という急成長を遂げた。

現在は、四百を優に超える店舗を全都道府県に持ち、株式は東証・大証一部に指定されている。紳士スーツ市場でのシェアは一一パーセントで、レナウンやオンワード樫山（昭和六十三年に樫山株式会社から商号変更）を抜き去って、首位に躍り出た。

「それでは開店いたします！」

午前七時、正面出入り口が開けられ、並んでいたサラリーマンたちが店内になだれ込んだ。

二八七平米という狭い店内に、紳士服、ジャケット、礼服、ズボン、ワイシャツなどがぎっしりと陳列され、天井や壁に「超目玉コーナー」「オープニングセール４８００円」「６割引９８００円」といった赤い文字のビラが張り出されていた。

「あった！　九割引きのスーツ！」

「九千八百円のはこっちだ！」

肩のところに特売の赤札が付けられたスーツがずらりと吊るされたハンガーラックで、オリエント・レディの二人の営業マンは目指す商品を見つけた。

ほかのサラリーマンたちも血眼（ちまなこ）で安売り商品に群がり、店内は争奪戦である。

「二千五百円のスーツは、お一人様一点限りでお願いいたします」

二百人以上の男たちでごった返す店内で店員が叫ぶ。

「試着でございますね？　ご案内いたします」

騒然とした店内で、女性販売員が落ち着いて接客をする。

青山商事は、販売員や店長に売上げや経常利益にもとづいて高額の報奨金を支払う制度を設けており、社員の士気は高い。


約一時間後――

オリエント・レディのサンプル・ルーム（試作室）に常務の塩崎健夫ら営業部門の幹部や、商品企画部のＭＤ、デザイナー、パタンナーなどが集まった。

試作品の製作に使うスタン（洋裁用人台）、ハンガー、工業用ミシン、プレス機などが備えられた大きな部屋である。

「これが二千五百円のスーツか……」

「それなりの品質に見えるな。なんかの間違いじゃないのか？」

二人の営業マンたちが買ってきたスーツを作業台の上に広げ、集まった人々がいった。

「お前ら、ちゃんと見て買ってきたんだろうな？」

「ちゃんと見て買ってきましたよ！　ほら、レシートもあります」

二人の若い営業マンは、口をとがらせて反論する。

「うーむ……。二千五百円のスーツは客寄せの囮（おとり）だろうが、九千八百円のスーツなんて、本当に作れるのか？」

　塩崎が腕組みして首をかしげた。

「まずは分解してみましょう」

　堀川利幸がいった。

　商品企画部の女性社員がリッパーで縫い目の糸を切り、スーツを分解する作業を始めた。

　集まった人々が彼女の手元をじっと見つめたり、切り離された生地を手に取って、織り方や手触りを確かめたりする。

　三十分ほどで、一着のスーツがばらばらになった。

「これは、九千八百円じゃ作れないでしょうね」

　生地を手にした堀川がいった。

「やっぱり原価割れしてるか？」

　塩崎が訊く。

「ええ。青山商事は、あの手この手で原価を抑えてはいますが、このスーツは品質もそこそこいいですしね」

　委託販売の百貨店と違い、青山商事はメーカーから買い切りなので、三割程度安く仕入れることができる。これはイトーヨーカ堂なども同じだ。最近は、アパレル・メーカーが生地を仕入れる際に、青山商事が直接価格交渉を行なって、強力な購買力をテコに値引きさせたりもしているという。

「いったい、どういう戦略なんだ？　日本一華やかで、高級なイメージがある銀座で、九千八百円でスーツを売るなんて。こんなこと、あり得るのか？」

銀座は各ブランドの路面店が軒を連ね、一着二十万円や三十万円のスーツを売っている。「洋服の青山」の進出は銀座のイメージを壊すほどの衝撃力を持っていた。

「青山で買えば安いっていうイメージを、日本中にアピールしようって戦略でしょう。狙いは二万円から三万円の価格帯のスーツの販売だと思います」

同社は銀座進出にあたって「日本一高い土地で日本一安いスーツ」という挑戦的な宣伝文句を掲げていた。

「しかし、銀座みたいな賃料の高いところだと、長続きしないんじゃないのか？」

「いや、そうでもないですよ。バブルの頃は坪当たり十五万円でしたけど、今は六万円くらいで借りられますから。それに来店客数でいえば、ロードサイド店の数倍は見込めますからね。むしろ銀座のほうが安いでしょう」

「うーん……、俺たちの常識が覆されるということか」

腕組みした塩崎が、呻くようにいった。

3

二年後（平成六年）初夏――

東西実業アパレル第三部長の佐伯洋平は、上海に出張し、市内にある工場の一角で、検品作業を見守っていた。

東西実業上海事務所が探してきた、カシミヤ生産工場であった。薄暗く、蒸し暑い工場の一角で、大阪の毛織物会社の技術者が検反機にかけられた薄い灰色の生地を注意深く見つめていた。

「オッケー、ネクスト」

半袖の作業服を着た中年の技術者がいうと、工場の中国人が、手動でがらがらと検反機のロールを回転させる。

検反機は、人の背の高さほどの機械で、上下に巻き取りのロールが付いている。それに一反（幅一四八センチ・長さ五〇メートル）の生地をセットし、ロールで巻き取りながら、裏側から曇りガラスを通して光を当て、生地の状態をチェックする。

「ふーむ、なるほど……」

技術者がうなずいて、手にしたバインダーのシートに書き込みをする。

最大の注意点は、生地に穴が開いていないかどうかだ。

「どんな感じです？　モノになりそうですか？」

淡いピンクのシャツを袖までまくり上げた佐伯が訊いた。巨体にワイドカラーのワイシャツを着て、胸元のボタンを開けた姿は豪快な印象を与える。

「ええ、わりとええですよ、ここのは。しっかり整理加工すれば、なんとか使えると思います」

中国で買ったカシミヤ生地は、そのままでは日本で使えないので、染色整理加工が必要である。生地から油分や汚れを取り除き、熱セットで寸法安定性を高めたりして、肌触りのよい風合いや抗菌・撥水性を持たせ、薬品や染料で色を付け、必要に応じてプレス（蒸し）、起毛、毛羽取りなどを行い、商品に使える生地に仕上げる。

「しかし、二百反も見るとなると、さすがにしんどいですね」

技術者が片手で自分の首筋を揉む。半袖の作業服の脇や背中に汗が滲んでいた。

「オリエント・レディさんからは、千反の注文ですから」

佐伯がハンカチで顔の汗を拭いながら微笑する。

東西実業は、上海だけでなく、北京周辺や山東省の工場からもカシミヤ生地を調達すべく奔走していた。

「千反っていうと、コート二万着分ですか……。えらい勝負に出たもんですなあ」

「去年の秋くらいから、カシミヤの原毛が安くなってますからねえ。田谷社長の野生の勘と、堀川さんっていうやり手のMDの意見が一致したんでしょう」

オリエント・レディは、この冬、カシミヤ一〇〇パーセントの「特選カシミヤ・コート」を大々的に売り出すべく、生地の大量調達に乗り出していた。発注にあたっては、三十社以上の毛織物業者にサンプルを出させ、最高の品質の物を選ぶという念の入れようだ。

この技術者の所属先は、大阪市中央区備後町に本社を構える中堅織物会社で、製織(せいしょく)から染色整理加工までの一貫生産体制を持ち、オーストラリア・タスマニア州の羊毛オークションで毎年最高価格で落札を続けたり、スコットランドの毛織物メーカーに出資したりして、羊毛製品に強く、厳しい競争を勝ち抜いて受注を獲得した。

東西実業は、同社の中国からのカシミヤの調達をサポートすることで、全量の輸入を取り仕切って口銭を稼ぐ。

「今日のところはこのくらいにしますか」

腕時計を見て、佐伯がいった。

「工場の人たちと、夕食会もありますから」

二人は工場を出ると、従業員送迎用のマイクロバスに乗って、夕食会の会場である地元の中華料理店に向かった。

「……やっぱり、中国は貧しいですねえ」

がたがた揺れるマイクロバスの中から窓の外を見て、技術者の男性がつぶやいた。

国で一番の国際都市だというのに、街灯は少なく、道はでこぼこで、辺境のキャンプ地のような雰囲気である。時おり現れる煉瓦壁の集合住宅には、夥しい量の洗濯物が満艦飾で干されている。どの建物も安普請で、人々の服装は安っぽく、ファッション性ゼロのあり合わせだ。

「なんか町全体が工事現場みたいな無秩序さですよね。……この国、どうなっていくんですかねえ」

水色がかったグレーの夏用スーツ姿の佐伯がいった。

夕食会の会場は、比較的大きな中華料理店だった。

店内には赤いぼんぼりが飾られ、壁には赤地に金色の文字で「大吉大利」や「財源廣進」といっためでたい言葉や、天井から福が降りてくるという意味の逆さまの「福」の字が貼られたりしている。床には客が食べたあとの鶏の骨、ご飯粒、丸めたティッシュペーパーなどが散らかっている。

丸テーブルの一つをカシミヤ工場の幹部五人と、佐伯、大阪の毛織物会社の技術者が囲み、夕食会が始まった。

最初に五十代と思しい工場長が歓迎の辞を述べ、佐伯が日本語でそれに答え、ビジネスの成功を祈って一同で乾杯した。

（うっ、きつい！）

小ぶりのグラスに注がれた透明な蒸留酒を一口飲んで、佐伯は一瞬顔をしかめそうになる。舌が痺（しび）れ、喉が焼けるようだった。

（これは、汾酒（フェンチュウ）だな）

佐伯は、相手に失礼にならない程度に急いでコップの水を喉に流し込む。

山西省汾陽（ふんよう）県杏花村（きょうか）村で作られているコーリャン酒で、中国を代表する名酒とされている。アルコール度数が五十度以上あり、嗅ぐと、揮発油のように鼻の粘膜につーんときて、匂いは分からない。味はほんのり甘く、上品といえば上品だが、とにかく強い酒で、佐伯の右隣にすわった技術者の男性も参った表情をしていた。

「今日はお二人のために、特別な料理をご用意しました」

通訳の中国人女性がいい、大皿の料理が運び込まれた。

それを見て、技術者の男性がぎくりとした顔つきになった。

肉付きのよい蛇を一〇センチほどの長さにぶつ切りし、蒸し焼きにしたものだった。

「佐伯さん、これ……」

技術者の男性が不安そうな目で佐伯を見る。

「この蛇はですね、ターホァンシャー（大皇蛇）とかいう、大きな黒蛇で、中国で養殖されてます。高級料理です」

「ほんまですか？」

「はい。味はウナギの蒲焼きそっくりです。ただ、ひっくり返すと蛇の縞模様が出てきて、気持ち悪いですから、ひっくり返さないで食べたほうがいいと思います」

技術者の男性は、おっかなびっくりで箸をつける。

「おお、これはほんまにウナギの蒲焼きや！」

技術者の男性がいい、佐伯と通訳の女性はにっこりした。

その後も、上海名物の臭豆腐やエビのから揚げなど、幾皿も料理が運び込まれた。

工場の中国人幹部たちは、会社の金で飲み食いできるので、ここぞとばかりに飲んだり食べたりしている。貧しい国ならではの光景だ。

「……しかし、このご時世で、こんな大量の注文を頂けるっていうのは、有難いですわ」

宴も半ばをすぎた頃、技術者の男性がしみじみといった。

二年前に日経平均株価が二万円割れし、バブル崩壊が決定的になって以来、全国の織物産地では、業者がバタバタと倒産している。

「ほんとに、産地はどこも惨憺たる状況ですよね」

汾酒で顔を赤らめた佐伯がいった。「こないだ新潟に行きましたけど、あのあたりで元気なのは鈴倉さんぐらいですよ」

二年前には三千二百三十軒あった北陸産地（石川、福井、富山三県）の繊維工場は、坂道を転げ落ちるように、毎年一割ずつ減っている。そうした中にあって、鈴倉インダストリー（二年前に鈴倉織物から社名変更）だけが、フル生産体制で気を吐いていた。創業者で会長の鈴木倉市郎が、撚糸から織布、染めまでの一貫体制を築き、「チョップ」と呼ばれる大手メーカーの下請けとして布地を作る比率を売上げ全体の五割にまで下げたことが奏功した。DCブランドや輸入ブランドなど、その時々の流行に合った生地も自社開発し、国内外のアパレル・メーカーと直取引して業績を伸ばしている。

「鈴倉さんですか……。あそこの会長さんは、先進的な経営をしてはるんで有名ですよね」

「ええ。ただご本人はもう八十七歳っていう高齢で、第一線を退かれてますから、今後は、女婿で東工大出の鈴木七郎さんの手腕次第ですね」

4

二年後（平成八年）の十一月三日——

山梨県の中央部をなす甲府盆地に、明るい日差しが降り注いでいた。

文化の日にふさわしい穏やかな秋の日であった。収穫が終わったブドウ棚は、残った葉が赤茶色や黄色に色づき、付近のススキの穂が微風に揺れていた。

オリエント・レディ社長、田谷毅一の母校（高校）は、堂々とした石の門を持つ、鉄筋コンクリート造り四階建ての校舎である。前庭には松など、大きな常緑樹が数多く植えられ、校訓である「質實剛毅（しつじつごうき）」の文字を刻んだ古い石碑がある。県立ながらスポーツ強豪校で、校舎左手に野球とラグビーの広々としたグラウンドがあり、校舎裏手から右手にかけて、体育館、テニスコート、弓道場、部室棟などがある。周囲はブドウ畑が多く、校舎裏手の用水路を水が勢いよく流れ、一キロメートルあまり西に行くと、笛吹川の岸辺に出る。

この日、正午頃から、きちんとした服装の卒業生たちが続々と母校に集まってきていた。

体育館には、紅白の横断幕が張られ、白いクロスをかけた卒業年次ごとのテーブルが並べられていた。正面のステージの背後の壁には、日の丸と、紫地に白の三本線とペンと剣を星の形に重ね合わせた校旗が掲げられている。

毎年、文化の日に開かれている同窓会で、今年は三十四回目である。

各テーブルには「中38回卒」（旧制中学時代の三十八回生）、「高10回卒」（新制高校の十回生）といった白い文字を染め抜いた、紫色の幟（のぼりばた）旗が立っている。

男の卒業生たちは、山梨の風土を彷彿させる、土臭く骨っぽい風貌の者が多く、都会の人々とは雰囲気を異にしている。

「……田谷は、日本一の社長になっただなあ！　よく新聞や雑誌で見るぞ」

「いや、まったく。我々の出世頭ずら」

同期の「高5回卒」（新制高校になってから五回目の卒業生）のテーブルで、同期生が口々にいった。

「ははっ、ほうでもねえさ」

銀座の有名店であつらえた英国調のダブルの高級スーツをりゅうと着た田谷毅一は相好を崩した。

肉付きがよくなってきた顔は、生気と連日の酒でてらてら光っている。

「いやいや、天下の日経新聞がお墨付きをくれただから、こりゃもう、文句なしじゃんな」

昨年八月に、日経新聞紙上で発表された「日経優良企業ランキング」で、オリエント・レディは、上場企業約三千社中、二十一位、アパレル業界では、レナウン、オンワード樫山、ワールドなどの大手を抑え、第一位に輝いた。経常利益は九十一億円で業界トップに躍り出、売上高経常利益率も一八パーセントで、他社を圧倒した。

しかし、日経新聞の企業評価は、財務の強固さや過去の成長率に重点を置いたもので、オリエント・レディの実態は、池田定六時代から貯め込んだ資産を田谷が有価証券で運用し、経常利益の四割程度を金融収益でまかなうというものだった。二年前の冬に発売した「特選カシミヤ・コート」こそ大ヒットしたものの、絶えず変化する時代の要請に合った新商品を生み出せていないのが、田谷の大きな悩みだ。売上げも三年前（平成五年）の七百十四億円がピークで、去る二月期は五百六十三億円まで落ち込んだ。オンワード樫山が、百貨店の婦人服に面白味がないといわれる中、二十代と三十代に的を絞った新ブランド、「組曲」（平成四年秋冬物）、「五大陸」（紳士物、同年秋冬物）、「23区」（平成五年秋冬物）を大々的に投入し、画期的な成功を収めたときは、毎月の部長会議で、「うちには新商品を考えられる気のきいた人間はおらんだか!?　これでオンワードに追いつく日が五年は遠くなっちまったぞ！」と、顔を真っ赤にして怒った。しかし、原因の一つは、貯め込んだ内部留保を守ることに田谷が異様なほど執着していたことだった。会社の発展のためには思い切った投資をした池田とは対照的な態度である。

「それでは定刻となりましたので、第三十四回同窓会を始めさせて頂きたいと思います。わたくしは、第三十二回の卒業生で……」

会場の右手前方に設けられた演壇で、司会を務める三十代半ばの女性が、マイクに向かってよくとおる声で話し始めた。この高校の卒業生で、山梨放送のアナウンサーだった。

最初に、今年の同窓会の幹事を務める第二十回の卒業生たちを代表し、実行委員長の男性が挨拶をした。

挨拶が終わると会場の照明が落とされ、現役の生徒たちによるブラスバンドが校歌の吹奏を始める。二階のギャラリーに設置されたスポットライトが、体育館後方の出入り口付近を照らすと、校旗を掲げた応援団長の姿が浮き上がった。

ぼろぼろの学生帽を目深にかぶり、裾が長い学生服を着た団長は、今年の同窓会の年度幹事である第二十回の卒業生で、高校時代に応援団長を務めた男だった。

〽天地の正気　甲南に
　籠りて聖き　富士が根を
　高き理想と　仰ぐとき
　我等が胸に　希望あり

厳かに校歌が吹奏される中、金糸のフレンジに縁取られた校旗を突き出すように堂々と掲げた元応援団長は、二人の同期の元団員を従え、会場から拍手を浴びながら、静々と前方へと進み、待ち受けていた年輩の同窓会会長に校旗を引き渡した。

体育館の照明が再び灯され、亡くなった卒業生たちに黙祷を捧げたあと、同窓会会長が挨拶し、明治三十四年に創設された学校の歴史や校風、ＯＢたちの活躍などについて述べた。続いて、校長挨拶、同窓会から母校への記念品贈呈、県議や地元市長など来賓の挨拶。名門校らしく、来賓の多くが同窓生である。続いて、来賓紹介、祝電披露、歴代校長紹介。

その後、議事に移り、同窓会の事業報告や会計決算報告、監査報告が行われ、それらが承認されたあと、ようやく乾杯となった。

ステージの上でにぎやかな音を立てて、菰樽（こもだる）に木槌（きづち）が振り下ろされ、鏡開きが行われた。

「乾杯！」

「かんぱーい」

各テーブルで、同窓生たちがビールやワインで一斉に乾杯した。

「おお、こりゃあアジロンか！　故郷（ふるさと）の味だ」

赤ワインを一口飲んで、田谷が懐かしそうにいった。

昔から山梨県で栽培されているアジロンダックは、イチゴのような味が特徴で、柔らかな酸味があり、軽くて飲みやすい。テーブルの上には、甲斐路（かいじ）という山梨で開発されたマスカット系の品種で造られた白ワインも並べられていた。

「……ところで田谷、ユニクロってどうずらな？」

鶏のから揚げ、サンドイッチ、巻き寿司といったオードブルの皿に箸を伸ばしながら、同期の男が訊いた。地元で教員を務めていたが、昨年、六十歳の定年を迎え、今は自分の家で畑仕事をしながら悠々自適の生活を送っている。

「ユニクロ？　なんでまた？」

「いや、退職金で株を買ったりしてるんだけんなぁ。こないだ株の雑誌に、将来有望って出てたぞ」

「ああ、ほーか」

闘犬のような雰囲気の顔をワインでほんのり赤らめた田谷は、面白くなさそうな表情でいった。

山口県宇部市の一介のメンズショップ、小郡商事は、昭和五十九年に広島市に「ユニーク・クロージング・ウエアハウス」の一号店を出して成功させた。柳井正は、社長の座を父から譲り受け、平成三年以降、郊外型カジュアルウェア専門店「ユニクロ」を毎年三十〜六十店舗出してきた。社名を小郡商事からファーストリテイリングに変え、二年前に広島証券取引所への上場を果たし、来年、東証二部に上場する予定である。

「あんなんは安かろう、悪かろうだぞ」

田谷はにべもなくいった。

「え、そうなんかい？」

「ああ、素材はよかねえし、縫製も雑だしな」

ユニクロは、米国のGAP(ギャップ)やスペインのZARA(ザラ)などと同じく、製品の企画・製造から販売までを一貫して行うSPA（specialty store retailer of private label apparel）と呼ばれる独特な業態だ。徹底した低価格を実現するため、デザインはニューヨーク、縫製はアジア各国という国際分業体制を採っている。海外からの製品調達比率は九五パーセントを超え、うち中国が約八割で、残りはベトナムなど東南アジア諸国である。

「しかし、業績を伸ばしているってことは、消費者の支持があるっていうことなんじゃないのかい？」

柳井が大学を出た翌年に入社したとき年商一億円ほどだった会社は、恐ろしい勢いで売上げを伸ばし、去る八月期には、オリエント・レディをしのぐ六百億円を売り上げ、経常利益は四十六億円に達した。店舗網は、今や東北から沖縄まで三十四都府県に約二百三十店を擁(よう)する。

「まあ、この頃は世の中が不景気だから、あんなもんでも売れるずらけんど、しょせん時代のあだ花だな。いずれ淘汰(とうた)されるら」

田谷だけでなく、既存の大手アパレルの経営者や社員たちも同じように考えていた。

同じ頃——

札幌の海猫百貨店のバックヤードにある事務所で、婦人服課の課長になった烏丸薫と係長の藤岡真人が、KANSAIクリエーションの営業マンと話をしていた。

小さな窓の向こうでは、葉を落として裸になった街路樹が木枯らしに吹かれている。一週間ほど前に初雪が降り、デパートは冬物の季節に入っていた。

「……やっぱり今年は、〝ウーロン茶〟のようですねえ」

打ち合わせ用のデスクで、三十代の営業マンの男がいった。

細身の身体に隙なくフィットしたスーツを着て、足を組み、左手で顎のあたりに触れる恰好は、まるでモデルかホストだ。

「そうなのよ。〝ウーロン茶〟がすごい勢いで出てるのよ」

赤い細縁の眼鏡をかけた烏丸がいった。

今年の札幌では、ウールでロングで茶色系の婦人物のコートが爆発的に売れていた。

「やはり春先の冬物コレクションで、ファッション誌がウールのロングを取り上げたのが大きかったんでしょうねえ」

KANSAIクリエーションの営業マンは、左手首にはめた黒い文字板の腕時計、オメガの「スピードマスター」を見せつけるように、長髪をかき上げる。

「特に細身のコートと、アンゴラを混ぜたのがよく出るのよ」

「分かりました。なるべくご希望に沿うように、納品させて頂きます」

イタリアン・レザーのシステム手帳を開いて、渋い感じの黒のクロスのボールペンでさらさらと書き込みをする。

その様子を見ながら、烏丸と藤岡は、相手の恰好つけぶりにあっけにとられる。全員が紺やチャコールグレーのスーツ姿という無個性で、仕事中の私語は一切禁止され、軍隊のように規律が厳しいオリエント・レディの営業マンたちとは対照的だ。

ミーティングが終わると、海猫百貨店の二人は、相手を部屋の出入り口で見送った。

「……はあー、なんかちょっと毒気に当てられたような気分だわ」

事務所に戻ると、烏丸がいった。

「僕もあそこの会社と付き合うようになって、〝ファッション野郎〟っていうのを初めて見ました」

「あそこの営業マンは、ハゲ・デブ・筋肉系は禁止らしいわね」

ほぼすべての営業マンが、スポーツジムに通っているという。

「あんまり残業もしませんし、毎晩不夜城のオリエント・レディとは対照的ですよね」

オリエント・レディとKANSAIクリエーションは、あらゆる意味で両極端であった。顧客層は、前者がエレガンスや着心地を重視するミセス、後者がイケてる可愛(かわい)い子を目指すヤンキャリ（若いキャリアガール）。前者は布地や縫製にこだわり、あまり宣伝をしないのに対し、後者はファッション性重視で、小泉今日子や桃井かおりをＣＭに起用してヒットを飛ばしてきた。財務体質面では、オリエント・レディが、八九パーセント超という驚異的な自己資本比率と膨大な金融資産の上にあぐらをかいているのに対し、KANSAIクリエーションは借金漬けで、取引銀行も心配しながら見守っている。

5

翌年（平成九年）十月二十四日――

伊勢丹新宿店で打ち合わせを終えた堀川利幸は、デザイナーの亘理夕子と一緒に新宿駅に向かって歩いていた。甲賀雪彦の一件で、亘理も退社を考えたが、最終的には堀川同様、会社に留まる道を選んだ。あれから八年が経ち、実績も残し、貫禄めいたものも出てきていた。

東京は明るく暖かい秋の日だったが、道行く人々の表情は冴えない。去る四月に、日産生命が大蔵省から業務停止命令を受け、生命保険会社として初めて破綻した。海外では五月にタイ・バーツが売り込まれたのをきっかけに、マレーシア・リンギット、フィリピン・ペソ、シンガポール・ドル、香港ドルへと通貨不安が波及していた。体力が弱まった日本の金融機関の噂も囁かれ、内外ともに不穏な空気に包まれていた。

「……あ、アルタの前に、なんか人だかりがしてますねえ」

新宿駅東口広場の近くまできたとき、黒いショートヘアでふっくらとした身体つきの亘理がいった。

地上八階建てのビルの壁面に取り付けられた大型スクリーンを人々が熱心に見上げていた。

どこかのインタビュー会場に二百人以上の記者やカメラマンが詰めかけ、タレントらしい若い男女の記者会見が始まるところが映し出されていた。

「あれ、安室奈美恵じゃないか!?」

「え？　あ、そうですね！」

昨日の夕方、電撃的な結婚を発表した安室奈美恵とダンサーのＳＡＭ(サム)の記者会見の映像だった。

最初は写真撮影で、シャッター音とともに無数のフラッシュが閃(ひらめ)き、「安室さん、左のほうからお願いしまーす」「こっち向いて！」「真ん中ちょうだい、真ん中！」「上、上！」「笑って、笑って」とカメラマンたちが必死になって注文を出す。

「安室ちゃん、きれいになりましたねえ」

人だかりの中でスクリーンを見上げ、亘理がいった。二十歳になったばかりの安室奈美恵は、それまでのロングヘアをばっさり切って、清楚なショートヘアだった。画面に映っている上半身は、細い身体にフィットした黒のタートルネックの薄手のセーター姿である。

「おすわり下さい。よろしくお願いしまーす」

会場で、司会の男性が呼びかけ、カメラマンたちが着席し、会見が始まった。

「えーと、皆さんあの、お忙しいところお集まり頂いて、どうも有難うございます」

ロン毛で肌の浅黒いSAMが、マイクを手に話し始めた。安室とは十五歳の年齢差があり、落ち着いている。

「えーとですね、あのう、すごく突然なことだったと思われてると思うんですが、えーと、実際、入籍を済ませたのは、昨日の四時すぎに、届け出を僕が、えー、してきました」

付き合い始めたのは今年に入ってからで、先日、安室が妊娠したので、それを機に入籍したと説明した。

かたわらの安室は、照れたように左手で額の髪をさわる。その薬指には大きなホワイトゴールドの指輪がはめられていた。

「あっ、カルティエの『LOVEリング』だ！　こりゃあ、売れるぞ」

映像を見上げながら、堀川が思わず声を出した。

「ええと、今日は、お忙しい中、きて頂いて、有難うございます」

安室がSAMからマイクを受け取り、幸せいっぱいの笑顔で話し始める。

「えと、今ちょうど、赤ちゃんは三ヶ月めに入って……えとー、来年の六月に、えー、生まれる予定ですっ」

顔が大映しになり、再びフラッシュが焚かれる。

「えと、二人で頑張っていきたいと思いますので、皆さん、見守っていて下さいっ。有難うございます」

そういって頭を下げた。

「有難うございました。じゃ、ちょっと椅子を」

司会の男性がいい、椅子が用意されて、二人が着席する。

それまで上半身しか映されていなかった安室の膝のあたりまでが映し出された。

それを見た瞬間、堀川は呻いた。

「バーバリーのブルーレーベルだ……！」

チェック柄のミニの巻きスカートは、三陽商会が日本独自の商品として昨秋から販売を始めたバーバリーの「ブルーレーベル」だった。

団塊ジュニア世代（戦後のベビーブームの昭和二十二〜二十四年生まれの人々の子どもたち）の女子高生たちの間で、バーバリーチェックのマフラーが流行っていたが、彼女たちが着られるようなアイテムがなかったため、三陽商会がバーバリー社の許可を得て開発した商品だ。十八歳から二十五歳くらいの若い女性をターゲットにした、シャツ、ミニスカート、細身のパンツなどで、イギリス王室の公式カラー「ロイヤルブルー」（濃い青色）やロンドンの地下鉄の色から、「ブルーレーベル」と名付けられた。

翌日から、「ブルーレーベル」ブームが猛烈な勢いで全国を席巻した。西武百貨店池袋店では、午後一時に入荷した十七着が十分で売り切れ、大阪の大丸梅田店でも、その日に入荷した三十着が当日中に売り切れた。デパートには、「安室奈美恵と同じものを買いたい」という女性客たちが殺到し、在庫がなくなった三陽商会は、製造と出荷準備に大わらわとなった。カルティエの「ＬＯＶＥリング」も十六万円という高額にもかかわらず、飛ぶように売れ、高島屋大阪店では、一週間で三十個が売れた。

三陽商会は、「ブルーレーベル」の爆発的ヒットの追い風を受け、二十五～三十五歳の男性をターゲットに、バーバリーらしい格調の高さを感じさせるスーツを中心とした「ブラックレーベル」も市場に投入し、再び成功を収めた。

約十日後（十一月三日）――

準大手の三洋証券が、会社更生法の適用を申請し、倒産した。負債総額は三千七百三十六億円で、上場証券会社としては初の破綻だった。

その二週間後、北海道拓殖銀行が自主再建を断念して破綻した。それまで大手二十行はつぶさないと三塚博大蔵大臣が衆議院予算委員会で明言していたので、社会に衝撃が走った。

さらに一週間後（十一月二十四日）、四大証券の一角で、百年の歴史を持つ山一証券が大蔵省に自主廃業を申請し、三兆五千百億円の負債総額を抱えて破綻した。金融システム不安は一気に拡大し、安田信託銀行や日債銀など、体力低下が懸念される金融機関の店舗には、預金を引き出しにやってきた人々の長蛇の列ができた。


翌年（平成十年）初夏――

古川毛織工業の二代目社長、古川常雄は、名古屋市内にある大手の繊維商社を訪れた。

江戸時代末期の創業で、百三十年以上の歴史を持つ老舗の商社だった。オフィスや商業施設が密集する名古屋市中区のビジネス街の一角に、堂々とした本社ビルを構えていた。

「うーん……」

応接用のテーブルで、仕入れ担当課長が、難しい表情で、古川が持ち込んだ見本の布地を吟味していた。

外光がふんだんに入ってくる広々としたフロアーのあちらこちらに、商品の見本や段ボール箱が積み上げられ、社員たちが忙しそうに電話をしたり、外部の業者と打ち合せをしたりしていた。

「古川さん、申し訳にゃあが、こりゃちょっといかんですわ」

ワイシャツにネクタイ姿の課長は、手にしていた生地の見本十枚ほどを、テーブルの上にばさりと投げ出した。

「山一の倒産からこっち、もうこんなウールの高級品は売れんのです」

「うーん、そうですか……」

六十代後半になり、老いの影が現れてきた身体を慣れないスーツで包んだ古川は、途方に暮れる思いで、目の前に投げ出された生地見本を見つめる。ションヘル織機で丹精込めて織り上げた自信作だったので、相手の言葉はショックだった。

「バブルが崩壊したあとも、ええもんには必ず需要があると信じてやっとったんですが……」

「古川さん、もうそんな時代じゃないんですわ」

仕入れ担当課長の口調に苛立ち(いらだ)が滲む。

「安かろう悪かろうといわれとった中国が技術力をつけてきて、今はそこそこええもんが安く輸入できるんです。だいたいウールには、もう人気がないんですよ。バブルは終わってまったんです」

古川は、無念の思いでうつむく。

「とにかく、もうこういう立派な品物には需要はありません。品質なんて悪くてかまわんですから、安い物を持ってきてくれませんか。そういうご時世なんです」

「悪くてもかまわんから、安い物を……」

古川は、棒で殴られたような衝撃を受けた。

同じ頃——

山口市南部、周防灘（すおうなだ）を望む緑豊かな丘陵地帯に新設されたファーストリテイリング（ユニクロ）本社は、広い敷地の中に煉瓦造りの数棟の建物やグラウンドを持ち、米国の地方大学を思わせる独特の佇まいである。

四十九歳になった社長の柳井正は、本社の会議室で、生産部門の幹部ら数人と話し合いをしていた。

「……うん、だいぶよくなってきたなあ」

テーブルの上に並べられたフリースの手触りを確かめながら、柳井が目を細めた。色は二十種類以上あった。

フリースは、ポリエステル系の素材を起毛させ、フェルト的な肌触りにした防寒用のアウターウェアだ。ユニクロではこれまで、米国の有名フリースメーカー、モールデンミルズ社（マサチューセッツ州ローレンス市）に企画商品を発注し、五千九百円と四千九百円の二種類を販売していた。

それを自社の完全管理下で生産し、思い切った低価格と高品質を実現しようとしていた。

「光沢もいいし、保温性や保湿性もよさそうだな」

当初、試作品は、モールデンミルズ社の製品に様々な点で見劣りしていたため、生産を請け負う中国の工場と話し合い、改良に次ぐ改良を重ねてきた。

ユニクロは元々メーカーから商品を仕入れて売る小売業者だった。しかし、価格や品質に満足できなかったので、昭和六十二年頃からＳＰＡ（製造小売）化を進めた。工場に直接生産を委託してアパレル・メーカーなどに払う中間マージンをなくし、高品質を実現するため、工場の生産体制を厳しくチェックし、技術面でも協力している。自前の工場を持たないので、工場所有に係る事務手続き、労務問題、地元の役所・税務署などとの折衝といった面倒もない。ただし、現地での折衝やロジスティックスが一筋縄ではいかない中国やアジア諸国では、日本の総合商社に頼ることが多い。

「原料は東レから買って、インドネシアで糸にして、中国で織って、染色、縫製するんだな？」

「はい、これがベストの組み合わせだと思います」

生産管理部門の幹部が答えた。

「あとは、どこまで価格を安くできるかだな」

「はい。その点は、中国の委託生産工場数を絞って、大量発注で値段を下げるようにしたいと思います」

ユニクロでは、百四十社近くに増えた中国の委託生産工場を四十社程度に絞り、一社あたりに対する大量発注で価格を下げるとともに、品質管理を強化して、素材や縫製の質を上げようとしていた。

「なるべく色のバリエーションを多くして、消費者にインパクトを与えたいな」

柳井の言葉に、幹部たちがうなずく。

十一月に、都心初の大型店舗として原宿店をオープンする予定で、そこでフリースを大々的に販売しようと考えていた。

ユニクロ原宿店は、神宮前交差点から渋谷方面に少し行った場所に開設する予定である。ファッション関係の店舗がひしめく都心の一等地で、一九八〇年代には賃料が高くて手が出なかった柳井にとって、念願の都心一号店となる。

「これなら、そこそこ売れる商品は作れるだろう。そこから先、どこまでいけるか……」

柳井は期待をこめた眼差しで、テーブルの上の試作品に視線を向けた。

ユニクロは着々と店舗数を増やし、半年ほど前に三百店を突破し、株式も東証二部に上場した。しかし、年商一千億円の壁を前に、業績は足踏み状態である。昨年十月から出店を始めたスポーツ・カジュアル衣料の「スポクロ」や、ファミリー・カジュアル衣料の「ファミクロ」も失敗に終わった。柳井は、この状態から脱却しようと模索していた。目標は、世界的なカジュアルウェア（ファストファッション）大手のザ・リミテッド、GAP（以上米国）、ネクスト（英国）などに比肩できる存在になることだ。そのためにはまず独自性のあるユニクロ・ブランドを確立することが必要である。

十一月二十八日——

柳井正は、副社長の澤田貴司とともに早朝のフライトで山口宇部空港を発ち、羽田空港に向かった。

伊藤忠商事で化学品の輸出やイトーヨーカ堂によるサウスランド社（米国のセブン・イレブンの会社、テキサス州ダラス市）の買収などを手がけた澤田は、昨年、ユニクロに入社し、この日、オープンする原宿店開設の陣頭指揮をとった。上智大学理工学部物理学科時代は、アメリカンフットボール部の主将を務めた、誠実そうな風貌の四十一歳の男である。

「柳井さん、売れてなかったら、本当に申し訳ないです」

羽田空港に到着し、電車を乗り継いで原宿に向かう間、澤田は何度も頭を下げた。

澤田は柳井の了承を得て、原宿店の開店の目玉をフリース一本に絞り、一着千九百円という思い切った価格を打ち出した。さらに五十一色という、これまでにない豊富なカラー・バリエーションを用意し、三階建ての店舗の一階をフリースで埋め尽くした。

「まあ、売れたらいいよね」

柳井はいつものように淡々といった。

二人が乗った山手線の外回りの電車が原宿駅に到着し、電車を降りて洒落た木造モルタル二階建ての駅舎に入ると、ユニクロの原宿店開店とフリースのポスターがいたるところに張られていた。

それを見て、澤田は思わずごくりと唾を呑んだ。羽田までの飛行機の中で、柳井から「広告に金を使いすぎだ」と注意されており、もし売れなかったら、責任は重大だ。

二人が原宿駅を出て、神宮橋のたもとにくると、コープオリンピアという昭和四十年竣工の黒っぽい十一階建てのマンションが目に入る。柳井と澤田は、大きな欅並木が続く緩やかな坂道を下ってゆく。一二〇〇メートルほどの通りには、古い喫茶店、ブティック、フィットネスクラブ、京橋千疋屋原宿店などが軒を連ねている。先月下旬に日本長期信用銀行が国有化され、金融危機が一段と深刻化していたが、土曜日の原宿は、家族連れや外国人も多く、華やいだ雰囲気である。

頭上の薄い雲間からは、十一月下旬にしては明るい日差しが降り注いでいた。

「おっ、見ろ、澤田君！　行列だ！」

大きな石灯籠が左右に建つ神宮前交差点の近くまでくると、柳井が声を上げた。

交差点を渡った先の右手にあるロッテリアの前に人々の列ができていた。

（ん、ロッテリアがキャンペーンでもやってるのか？）

澤田は怪訝な気持ちで、行列に視線をやった。

行列はロッテリアではなく、ユニクロ原宿店がある右の渋谷方面へと延びていた。五、六列縦隊の太い行列だった。

（やった！　売れた！）

澤田は心の中で快哉を叫んだ。

二人が原宿店の前までくると、警備員たちが必死で来店客の整理をしていた。

「順番に入店して頂いております。並んで下さーい」

「押さないように、押さないようにお願いします」

店内は満員で、バックヤードから運び込まれたフリースが棚に並べられる先から、人々が争うように商品を摑み、レジへと向かっていた。

「品切れを起こすとまずいぞ」

柳井の思考は、喜ぶより、次の展開へと飛んでいた。

「澤田君、関東にあるフリースの在庫をかき集めて、原宿店に送れ」

「はっ、はいっ！」

喜びに浮かれない柳井の姿に、経営者の厳しさを感じながら、澤田は返事をした。

「それから、周辺の店舗の販売員を原宿店の応援にこさせるんだ。このままだと、来店客に対応できない」

「分かりました」

澤田は携帯電話を取り出し、関係各所に指示を出すべく、発信ボタンを押した。


ユニクロ原宿店の成功は、連日、テレビや新聞で報じられ、日本じゅうにフリース・ブームを巻き起こした。消費者は、柳井が長年にわたって追求してきた高品質を肌で実感し、ユニクロに対するイメージは「郊外の国道沿いにある安売り衣料品店」から「誰にでも似合うカジュアルで、安くて、高品質な服を売る店」へと変わった。

翌年、ユニクロは、ミュージシャンの山崎まさよしをフリースのＣＭに起用し、「高感度な人が着る、機能的な服」というイメージを演出した。年商一千億円の壁を前に足踏みしていた業績は爆発的な伸びを見せ、原宿店開店の翌年（平成十一年八月期）には千百十一億円、翌々年、二千二百九十億円、さらにその次の年は、四千百八十六億円と、倍々ゲームで増えていった。平成十二年秋・冬のフリースの売上げは、空前の二千六百万枚に達した。
「気が付けば、誰もがユニクロを着ている時代」の幕が開けた。

第八章　ヒルズ族の来襲

1

二年後（平成十二年）の夏——

　東西実業アパレル部門の執行役員になった佐伯洋平は、同社のミラノ事務所長や同事務所のイタリア人職員ら三人とともに、フィレンツェ市街のサンタ・マリア・ノヴェッラ地区にあるフェラガモ（サルヴァトーレ・フェラガモ社）の本社を訪れた。街を東西に流れるアルノ川にかかるサンタ・トリニタ橋の近くにあるパラッツオ・スピーニ・フェローニという十三世紀に建てられた宮殿で、創業者のサルヴァトーレ・フェラガモが一九三八年に購入したものだ。ゴシック様式・地上四階建てのどっしりとした石造りの建物で、地上階がショールーム、地下がフェラガモ博物館になっている。

　東西実業はフェラガモ・ジャパンに十数パーセント出資し、年間百億円を超える日本への輸入を取り扱っている。

フェラガモ経営陣との話し合いは、古色蒼然としたシャンデリアが光を降り注ぐ会議室で持たれた。壁には淡い色のフレスコ画が描かれ、金色の額縁に入った宗教画が飾られ、中世に彷徨(さまよ)い込んだような錯覚に陥らせる部屋だった。

「マ・ノン・チェ・ウン・ネゴツィオ・アッランゴロ？（やはり角地はないのかね？）」

フェラガモ社のCEO（最高経営責任者）を務めるフェルッチオ・フェラガモが落ち着いた表情で訊いた。

一九六〇年に没した創業者のサルヴァトーレ・フェラガモの長男で、年齢は五十代半ば。ウェーブのかかった黒々とした頭髪を隙なくオールバックにし、太めの眉の下の両目は、人々を魅了する輝きに満ちている。サルヴァトーレには三人の息子と三人の娘がおり、四年前にフィアンマ（娘）が乳がんで亡くなったが、残り五人は家業を支えている。同社は、品質第一のものづくりを目指し、利益を株主還元ではなく、会社の発展に振り向けるため、株式は公開していない。

かたわらに、フェルッチオの双子の息子の一人、ジェームズが控えていた。英米で教育を受け、米系投資銀行、ゴールドマン・サックスでのインターンや百貨店、サックス・フィフス・アヴェニューでの勤務経験がある。二十八歳で、引き締まった身体に紺のスーツを着た姿は、ファッション誌から抜け出てきたようだ。

「残念ながら、もう銀座の角地に、御社の旗艦店にふさわしい大きな物件はありません。我々もこの三年間、足を棒にして、界隈の不動産屋には全部当たって、探し歩いてきたんですが」

一〇〇キロの巨体にベージュの夏用スーツを着て、中国ふうの模様が入った紫紺のフェラガモのネクタイを締めた佐伯が英語でいい、かたわらにすわったミラノ事務所のイタリア人スタッフが、イタリア語に訳す。

フェラガモは、百貨店内を中心に、約五十の店舗を日本で展開しているが、銀座に旗艦店となる大型店舗の出店を目指し、東西実業に物件探しを依頼していた。

「今ある中では、やはりこちらの東芝さんの物件がベストだと思います。角地ではありませんが、場所も銀座の一等地です」

佐伯がプレゼンテーションの冊子のページをフェルッチオに示していった。

銀座七丁目の中央通りに面した物件で、「ビヤホールライオン銀座七丁目店」の近くにあり、東芝が持っている物件だった。

「うーん、そうかね。やむを得ないか……」

フェルッチオが冊子を手に取って視線を落とし、ジェームズがかたわらから覗き込む。

フェラガモ側は当初から角地を希望しており、それにこだわっていた。

「ミスター・フェルッチオ、東芝は日本を代表する電機メーカーで、非常に信頼できる会社です。物件のオーナーとしては申し分ありません。スペースも十分確保できます。それに中央通りは、週末や祝日は歩行者天国になりますから、人通りも多く、宣伝効果が高いエリアです」

佐伯が畳みかけ、フェルッチオがうなずく。

「ミスター佐伯、分かった。あなたがいうのならそのとおりなんだろう。これ以上、決定を引き延ばすと、商機を逸することにもなる」

「ご理解、有難うございます」

「契約書のドラフトはこちらで用意して、早急に送ることにしよう」

賃貸契約は、東芝と東西実業が結び、東西実業がフェラガモ社にサブリースする。

ミーティングを終え、二人と握手を交わして東西実業の四人が会議室を出ると、シャンデリアの白い光が降り注ぐアーチ形の高い天井の廊下の向こうから、年輩のイタリア人女性がゆっくりと歩いてきた。

金髪で大きなフレームの眼鏡をかけ、やや太めの身体を渋いすみれ色のジャケットで包み、首から胸元にかけて薄紫とグリーンのスカーフを着けた高齢の女性は、サルヴァトーレ・フェラガモの未亡人、ワンダ・フェラガモであった。フェラガモ社の名誉会長で、七十八歳になった今も、毎日元気に出社している。

「オー・シニョール・サエキ！　マ・ダ・クァント・テンポ！（オゥ、ミスター佐伯、お久しぶり）」

ワンダ・フェラガモは、威厳のある微笑を湛え、右手を差し出した。

「ご無沙汰いたしております。お元気そうでなによりです」

佐伯が満面の笑みで握手をしながら英語でいい、ミラノ事務所のイタリア人スタッフの男性が、素早くイタリア語に訳す。

「今日は、銀座の旗艦店の件でやって参りました」

「ミスター佐伯と東西実業を信頼していますよ。フェラガモの発展のために、力を尽くして下さい」

欧米のブランドは、海外での販売が軌道に乗ると、ローカル・パートナーと提携を解消し、自分たちでやり始めるところが多いが、フェラガモは東西実業との関係を大事にしていた。

東西実業の一行が、パラッツオ・スピーニ・フェローニを出ると、正午すぎの太陽が強烈に照り付けてきた。七月のフィレンツェは、連日三十五度を超える灼け付くような暑さである。

通りは世界中からやってきた観光客であふれ返っていた。十四世紀から十六世紀にかけて、メディチ家の支配下で、ルネッサンスが花開いたフィレンツェは、一・二キロメートル四方という狭いエリアに見どころが集中しており、ローマと並ぶイタリア屈指の観光地だ。

「シャル・ウィ・ハヴ・ステーク・フォー・ランチ？（お昼にステーキでも食べようか？）」

スーツの上着を肩にかけた佐伯が、東西実業の三人にいった。

フィレンツェは肉料理が名物で、佐伯は、メディチ家の礼拝堂があるサン・ロレンツォ教会の近くにある店がお気に入りだ。観光客相手の安いステーキ店だが、胡椒（こしょう）とニンニクで香ばしく焼き上げたTボーン・ステーキが、めっぽう美味（うま）い。

そのとき書類鞄に入れていた携帯電話が振動した。

携帯を取り出し、発信者を見ると、銀座の不動産屋の一社だった。

（ん？　なんだ？）

佐伯は、携帯を耳に当てる。

「佐伯さん、角地の物件が出ました！」

時差七時間で、すでに夜になった日本の不動産屋の担当者が、勢い込んでいった。

「えっ、本当ですか⁉」

佐伯が驚いた声を上げ、残りの三人がその様子を見つめる。

「七丁目の中央通りと交詢社（こうじゅんしゃ）通りの角です。東海銀行の支店がある場所ですが、統合で賃貸か売りに出されるようです」

去る三月に東海銀行と三和銀行が経営統合を発表し、店舗の統廃合作業が進められていた。

「東海銀行の不動産部門に訊いたら、土地建物とも東海銀行の持ち物で、プラダとかほかのファッション・ブランドからも問い合わせがきてるそうです」

「そうですか!? ……分かりました。うちは大いに興味があります。これからすぐ日本に帰りますから、東海銀行と話をつないでおいて下さい」

翌年（平成十三年）初夏——

オリエント・レディ社長の田谷毅一は、千代田区九段南にある本社社長室の会議用のテーブルの上に並べたユニクロの製品を手に取って、吟味していた。

「……見事な製品だな。素材もいいし、縫製も完璧だ。こんなものを千円とか二千円で売られたんじゃ、太刀打ちできん」

肉付きのよいがっしりした身体を真っ白なワイシャツで包み、左手にごついロレックスの金時計をはめた田谷がいった。

「最初は、ぽっと出の安売り屋かと思ったが……」

「去年から『匠（たくみ）』という制度を作って、中国の委託工場への技術支援に本腰を入れているようです」

マーチャンダイザーの堀川利幸がいった。

ユニクロは、繊維メーカーや紡績会社に長年勤務した年輩の日本人技術者を「匠」として採用し、中国に派遣して、生産委託工場の技術指導に当たらせている。「匠」たちはそれぞれ、素材、染色、縫製などの専門家で、一人当たり五〜十の工場を担当している。その上でユニクロは、月間で十万着単位の大量発注を行なって、製造コストを下げていた。

「東レとも提携したらしいな。柳井が前田氏に直談判して、ユニクロ専門の部署を作らせたそうだ」

去年、ユニクロの柳井社長が東レ中興の祖と呼ばれる前田勝之助会長を訪れ、東レの社内にユニクロ専門部署を作ることで合意した。この提携で、両社が原料、原糸から素材を一体になって開発し、他社に追随を許さない商品を生み出すことが可能になった。

「まったく、あそこまで徹底してやるとはな……」

田谷が嘆息するようにいい、外国産の高級タバコに火を点ける。

オリエント・レディは、製品にニット(編地(あみじ))も布帛(ふはく)(織物生地)も使っているが、ニットの価格は主に糸値(糸の値段)で、布帛の価格は糸値、生産値、加工賃で決まる。田谷は、どこの工場だといくらでできるかを熟知しており、名人芸で安い生地を調達し、価格競争力のある製品を作ってきた。しかし、ユニクロは、同じことを何千倍ものスケールで、かつシステマティックにやっていた。

「まあ、我々はカジュアルウェアで勝負しているわけじゃないから、むやみに焦ることはないが」

「ただ、SPA（製造小売）化は進めないといけないでしょうね」

堀川の言葉に田谷がうなずき、タバコの煙を吐き出す。

「ところで社長、そろそろMDを卒業させて頂けないでしょうか？」

「ん？　どうかしたのか？」

田谷が意外そうな顔で訊いた。

「いえ、どうもしませんが、わたしももう四十六ですから」

マーチャンダイザーは、会社の屋台骨で花形職種だが、感性、ビジネスセンス、フットワークが求められる激務で、堀川くらいの年齢になると、別の仕事に替わるケースが多い。

「うーん、そうか。替わるとしたら、札幌支店長か福岡支店長あたりだろうがなあ……」

田谷はタバコをくゆらせながら思案顔になる。

「まあ、もうちょっとやれよ。今は大変な時期なんだから」

繊維業界は本格的な淘汰の時期を迎え、カネタ、ツバメコート、東京ニュースター、吉野藤（とう）、オールスタイル、大倉、ジャパンエンバ、赤川英（えい）、メルボ紳士服、東京ロザリアといった、優良・中堅以上といわれた企業が相次いで破綻、ないしは破綻寸前だった。また小売業界では、平成三年（一九九一年）度に百貨店グループ売上げ日本一に輝いたそごうが、昨年七月、一兆八千七百億円の負債を抱えて破綻（東京地裁に民事再生法の適用を申請）し、日本に激震を走らせた。

ドアがノックされた。

「社長、あのう、村上世彰（よしあき）という男が、社長に会いたいといってきておりまして。うちの株を五百万株ほど買ったということで」

総務部長の鹿谷保夫が姿を現し、色白でオールバックの強面（こわもて）に精いっぱいの恐縮の思いを滲ませていった。

「五百万株!? 何者だそいつは!? 総会屋か!?」

田谷が驚いて、タバコを口から離す。

五百万株は、オリエント・レディの発行済み株式総数の五パーセント近くだ。

「調べてみましたら、元通産官僚で、投資ファンドを運営している男です。村上の会社には、オリックスが四五パーセントほど出資しています」

二年前、生活産業局サービス産業企画官を最後に、通産省を退官した村上世彰は、灘（なだ）校の同級生で野村証券にいた丸木強、東大法学部の同級生で警察庁の官僚だった瀧澤建也らとともに、株式会社M&Aコンサルティングを設立し、投資家から資金を集めて日本企業の株式を買い始めた。

昨年は、芙蓉グループ系の不動産管理会社、昭栄（東証二部）にＴＯＢ（株式公開買付）を仕掛けたが、安定株主の富士銀行などが応じなかったために、六・五二パーセントの取得に止まった。しかし、その後、昭栄が実施した自社株の公開買付のおかげで、約二億六千万円の利益を手にした。村上の投資手法は、簿価（ないしは解散価値）が株式の時価総額を上回る企業の株を買い、「コーポレート・ガバナンス」の旗印を掲げて、増配や自社株買いを迫るというもので、時価総額が百億円だったのに対し、土地と保有しているキヤノン株だけで五百五十億円強の資産を持っていた昭栄は典型的なターゲットだった。

「その村上とやらが、なんのために俺に会いたいっていうんだ？」

「はい、オリエント・レディの経営について、いろいろ申し入れたいということです」

「けっ！　なにを馬鹿なこと、いってるだっ!?」

二十二年間にわたって社長として君臨し、「ミスター・アパレル」の異名をとる自分が、昨日今日、株を買った若造に経営に関してあれこれいわれるなど論外だ。

「もちろんでございます！」

鹿谷は田谷の剣幕に恐れをなす。

「村上には、社長に話したいことがあるなら、株主総会にきていえばいい、社長はいちいち投資家にお会いしたりはしないと、厳として申し伝えております！」

まだ返事はしていなかったが、田谷の剣幕を見て、そういうしかないと思った。


約二ヶ月後（七月四日）――


「……しゃ、社長！　大変でございます！」

鹿谷が血相を変えて、社長室に駆け込んできた。

「いったい何事だ、お前は？」

大きなデスクのパソコンで、各地の品目別売上げをチェックしていた田谷が、不機嫌そうな顔を上げた。

「こっ、これでございます！　村上のファンドが、うちの筆頭株主になりました！」

鹿谷が書類を差し出し、田谷がそれを受け取る。

「なんだとー……!?」

A４判で四枚の書類に視線を落とし、田谷が唸る。

幹事証券会社からファックスで送られてきた有価証券の大量保有報告書だった。この日、関東財務局長あてに提出されたもので、株式会社エムアンドエイコンサルティング代表取締役村上世彰の名前と実印があり、オリエント・レディの株を一株当たり千三百五十円前後で追加取得し、全体の五・七七パーセントを握る筆頭株主になったと書かれていた。

「ここんところ株価が上がってると思ったら、奴らが買ってたのか」

一年半ほど前に、大幅なPBR（株価純資産倍率）割れの七百九十五円まで下がったオリエント・レディの株価は、今年に入って千円を突破し、その後もじりじり上昇を続けていた。

「証券会社によりますと、村上が買っているのを知った外人投資家が大量の買いを入れているそうです」

「くそっ！……毒蛇に嚙みつかれたか」

田谷の背筋を、冷たい汗が流れ落ちた。


翌月――

東西実業アパレル部門の執行役員、佐伯洋平は、田谷に呼ばれ、オリエント・レディの本社を訪問した。田谷と長年付き合いのある佐伯は、昔から知恵袋として重宝されている。

「……まあ、聴いてみてくれよ」

仏頂面の田谷が社長室の応接セットにすわり、カセット・レコーダーのスイッチを入れた。

「……田谷社長、千二百五十億円の現預金を持ちながら、ろくに活用できていないっていうのは、経営者として問題じゃないですか？　そういうことが、株価がＰＢＲ割れしてる原因だと思うんですよ」

スピーカーから、村上世彰の早口の声が流れてきた。

オリエント・レディの一株当たりの純資産は千四百円程度で、最近まで株価はそれを大きく割り込んでいた。

「社長は、ファッションビルに投資するとおっしゃいますが、不動産投資っていうのは、特殊なスキルが必要な世界ですよ。素人がおいそれとできるもんじゃないです。そもそも、大株主である我々と面会しないって、どないなってるんやって、みんな思うてますよ……」

村上は関西弁を交え、やや甲高い声で機関銃のように話し続ける。

しばらくテープを再生して聴かせたあと、田谷はバチンとスイッチを切った。

「なかなか強烈ですね」

ワイドカラーのワイシャツと高級スーツで一〇〇キロの身体を包んだ佐伯が苦笑した。

「村上っていうのは、ありゃあ経済ヤクザだな」

田谷が忌々しげにいった。

「電話は、毎回録音されてるんですか？」

「してるさ。こないだ麴町警察署に恐喝罪でテープを持ち込んだよ」

見た目の強面とは裏腹に、田谷はかなり小心で、慎重である。

「村上とはまだ会われてないんですか？」

「会うわけないだろ！　なんで俺が村上なんかに会わなきゃならないんだ!?」

（まったく、この会社は、上場会社じゃないんだよな……）

佐伯は内心嘆息した。

手元資金が潤沢で、証券市場で資金調達をする必要がないオリエント・レディは、上場のメリットを実感しておらず、田谷は投資家に向き合う必要などつゆほども感じていない。上場したのは行きがかり上で、箔付けのためでしかない。

「うちは創業以来半世紀以上にわたって、社会に対する使命を果たし、税金を払い、なに一つスキャンダルも起こしたことがない。安全性や堅実性においては、日本で一番すぐれた会社だといわれている。ここまでくるには、多くの社員たちや取引先の血の滲むような努力があったんだ」

田谷が憤懣やるかたない表情でいう。

「しかるに、どうしてつい最近になって株を買って、アパレル業界のことも知らない若造に、経営方針を否定されなきゃならないんだ!?」

柿ノ塚村で貧しさを嫌というほど味わった田谷は、貯め込んだ会社の金を頑として死守する構えである。新入社員との懇談会で「社長の仕事とはなんでしょうか？」と尋ねられ、「一年間、仮に売り上げがゼロであっても、社員に給料を出せるようにすることだ」と答えたこともある。

「お気持ちはよく分かります。……で、これからどうするおつもりですか？」

「それを訊きたくて、あんたを呼んだんだよ。どうしたらいいと思う？」

筆頭株主になられても、なんとかなるだろうと高を括っていたが、新聞や雑誌でがんがん報道されるようになり、本気で心配し始めていた。

「とにかく、専門のアドバイザーを付けることだと思います」

「アドバイザー？」

「ええ、投資銀行とか弁護士です。こういうことは、素人が見よう見まねでやると、大変なことになります」

「まあ……そうだろうな」

何事も正攻法の王道でいくのが田谷のやり方だ。ただし、ごまかせるものはごまかす。

「村上のこれまでのやり方は、株を買い占めて、自社株買いの要求を突きつけ、聞き入れられなければ、さらに株を買い増しして、社外取締役の選任を迫ったりするっていうやり方です」

田谷がうなずく。

「場合によっては、社長の交代を要求してくることだってあり得ますよ」

「な、なんだと!? そんな馬鹿な！」

「可能性がないとはいえません。過半数の株主が村上に同調したら、起こり得ます。御社の株主は外人投資家比率が急上昇してるそうじゃないですか。彼らは儲かるんなら、なんでもやりますからね」

「そんな……馬鹿な！」

田谷は青ざめた顔で呻いた。


秋——

村上世彰ら村上ファンドの幹部数人が、大手町一丁目の大手町交差点のそばに建つ、地上二十三階建ての大手町ファーストスクエア・イーストタワーにあるUBSウォーバーグ証券（現・UBS証券）のオフィスを訪れた。英国のユダヤ系老舗マーチャントバンク、SGウォーバーグをスイスの大手銀行UBSが買収して設立した外資系証券会社（投資銀行）だ。

「……オリエント・レディの田谷社長に再三面会を申し入れてるんですが、まったく応じてもらえない状況で」

すっきりとした会議室のテーブルで、小柄な村上世彰がいった。目をくるくると動かし、笑みを絶やさず、愛嬌のある話しぶりである。

「したがって、我々としては、早晩、プロキシーファイトをやらざるを得ないかなと思っています」

プロキシーファイトは、株主総会決議のための委任状争奪戦で、日本では、平成元年に起きた小糸製作所と米国の投資家、T・ブーン・ピケンズの争いなど、ごくわずかな例しかない。

「村上君、話は分かった。今、オリエント・レディの外人持ち株比率は三九パーセントくらいあるから、彼らを上手く味方につければ、勝てる可能性はあるでしょう」

UBSウォーバーグ証券のマネージング・ディレクターで副会長の大楠泰治がずばりいった。

五十代半ばの大楠は、長崎県の出身で東大法学部卒。三和銀行、バンカース・トラスト、モルガン・スタンレーなどで国際金融やM&A（合併・買収）の腕を磨いたインベストメント・バンカーだ。

オリエント・レディに対する外国人投資家比率は、この半年で九パーセント近く上昇した。一方、田谷が頼みとする金融機関の持ち株比率は、山一ショック後の金融機関の経営不振や業界再編によって、三・五パーセント低下し、三七・二パーセントになった。

「ただこれはあなたがただけでやると失敗するよ」

濃い八の字眉と厚い唇に生気を漲らせた大楠は、外資を渡り歩いてきた人間らしく、英語に直してもそのまま通用するはっきりした物言いをする。

「あなたがたはまだ新興のファンドだから、うちのような大手がアドバイザーになって、ちゃんとした内容でやってるという信用を付けないと、外人投資家は相手にしてくれないよ」

　今の会社に転職してきて間もない大楠にとっても、ビジネスチャンスだ。

「大楠さん、それは僕らも是非お願いしたいと思っています」

　村上自身、世間に向けて信用力を高める必要があることは認識しており、未経験のプロキシーファイトで、投資銀行のノウハウやネットワークを活用したいと考えていた。しかし、欧米の投資銀行は、敵対的案件に関与することに消極的なため、アドバイザー探しに苦労していた。

「それで、アドバイザーになって頂くには、いくらお支払いしたらいいでしょうか？」

「リテイナー（着手金）で一億円、プロキシーファイトに勝ったら成功報酬で一億円だね」

　その言葉に、村上は一瞬考え込んだ。

　ファンドの規模はまだ五百億円程度であり、最大で二億円の出費は小さな額ではない。

「分かりました。わたしの一存で決めるわけにはいかないので、ファンドのアドバイザリー・ボードに諮らせて下さい」

アドバイザリー・ボードには、福井俊彦元日銀副総裁（のち総裁）や中川勝弘元通商産業審議官らが名前を連ねている。

「じゃあ、決まったら教えて下さい」

大楠がにっこりしていった。

「しかし、このオリエント・レディっていう会社は、ガバナンスもへったくれもないね。こんなのが、よく上場してるよなあ」

大楠は、企業統治に関する政策提言団体、日本コーポレート・ガバナンス・フォーラムの運営委員を務めており、この分野への関心が高い。

一方、オリエント・レディは完全に田谷の私物と化していた。会社の余資運用は、取締役会に一切諮ることなく独断で行なっており、去る九月に経営破綻した大手スーパー、マイカル（本社・大阪市）の社債に投資していたため、四十億円の損失を出した。役員や社員の昇進や降格も田谷の完全な独断で、気に食わないことがあると、「お前は降格！」と、その場で役員を降格する場面を、取引銀行の支店長やマスコミ関係者が何度も目撃している。賃上げ交渉で、労働組合側が自分を欺く資料を使ったといって怒り狂い、約六百人の社員の給与振り込みを当日になって取り消し、三和銀行を大慌てさせたこともある。交際費は使い放題で、自分のゴルフレッスンの費用も経費で落としている。

最近、渋谷区代官山町に建てた時価八億円の大邸宅は、例によって証券会社に転換社債や新規公開株を持ってこさせ、それを売って建てた。まだ高輪の家からの引っ越しが済んでいないので、鹿谷保夫ら総務部の社員たちが、当番制で空気の入れ替えに行っている。

「仕事に関してはオールマイティで、『ミスター・アパレル』と異名をとるほどなんですがねえ」

村上ファンドの幹部の一人がいった。

「うーん……。田谷氏がいなくなったら、この会社、つぶれるんじゃないの？」

「ええ。見事なほど、後継者が育っていません」

「だからPBRが一を割ってるんだよな」

オリエント・レディの一株当たり純資産約千四百円に対し、株価は、村上ファンドが筆頭株主になったのが明らかになった去る七月に千四百七十九円の高値を付けたあと、再び下落に転じ、今は千百円台まで落ちた。

会社が今後も利益を生み出すと見込まれる場合、将来の利益の総和の現在価値が純資産価値に上乗せされ、PBRが一・五倍とか二倍になる。PBRが一を割るということは、株式市場が、その会社は将来利益を生み出さないと見ているということだ。

翌年（平成十四年）一月三十一日——

村上ファンドは、オリエント・レディに対し、商法の株主提案権の規定にもとづき、三項目の提案を行なった。①一株当たり五百円の配当、②資本準備金の減額、③発行済み株式の三分の一（総額約五百億円）の自社株買い、である。また、社外取締役候補者の選定、株主への継続的な利益還元、ＩＲ活動の強化、リスクの高い投資活動の抑制などに関する施策と回答を求める要望書も送った。この時点で村上ファンドは、オリエント・レディ株をさらに買い増し、全体の九・三パーセントを握るに至った。

これに対し、オリエント・レディ社長の田谷毅一は、「会社の経営に支障をきたす」と一蹴した。配当も従来どおりの一株当たり十二円五十銭とすると宣言し、真っ向から対立した。

一方、株式市場では、村上ファンドの提案を受け、オリエント・レディに大量の買いが集まり、千三百四十円のストップ高をつけた。

それ以外の村上ファンド銘柄も話題に乗って軒並み上昇し、一躍市場の台風の目になった。中電工、九電工、日比谷総合設備、昭栄、サイバーエージェント、クレイフィッシュ、アライドマテリアル、横河ブリッジ、ジャック・ホールディングス、長瀬産業、シナネン、ケーユー、昭文社、角川書店といった銘柄だ。

二月八日――

大楠が親しくしている伊藤雅俊イトーヨーカ堂名誉会長の仲介で、村上と田谷毅一の初めての面談が行われた。

田谷は、昔からの恩人である伊藤の依頼だったため、渋々面談に同意したものの、オリエント・レディの会議室に現れたときから仏頂面だった。「俺は銀行とか取引先以外の株主に会ったことはない」「いいたいことがあれば、株主総会にきていえばいいだろう」「お前のような素人の若造に、経営のなにが分かる」と、とりつく島もない態度に終始した。村上は、自分たちの考え方をなんとか説明しようとしたが、最後は罵り合いになり、話し合いは十五分ほどで終わった。

翌週――

米国西海岸で、村上ファンドの副社長、瀧澤建也とともに投資家向けロードショー（説明会）をやっていたUBSウォーバーグ証券の大楠泰治のもとに、村上世彰から電話がかかってきた。

「……大楠さん、あさって、イトーヨーカ堂の伊藤会長を交えて、ニューオータニで田谷社長にもう一度会うことになりました」

スピーカー式にしたホテルの電話機から、十六時間の時差がある日本にいる村上の声が流れてきた。

「えっ、そうなの!?」

電話を聞いていた大楠と瀧澤が驚く。

「はい。伊藤会長から連絡があって、『あんまり無茶をするな。田谷を呼ぶから一度話し合おう』ってことで、昼食を一緒にとることになりました」

「ふーん、なるほど」

「伊藤会長は、オリエント・レディからなんらかの譲歩を引き出してくれるんじゃないかと思うんです。で、もしある程度利益が出る価格で株を買い戻してくれるんなら、矛を収めることも考えたいと思うんですが、どうですか?」

「村上君、そりゃ駄目だよ」

大楠が電話機に向かって即答した。

「えっ、駄目ですか?」

「だって、外人投資家はほとんど村上君の株主提案を支持してくれてるんだから。ここで最後までやらなきゃ、グリーンメーラーのレッテルを貼られて、今後にも影響するよ」

グリーンメーラーとは、株を買い集め、その影響力を利用して、企業に高値で買い戻させる脅迫的な投資家を指す言葉だ。

「村上、僕もそう思う」

細身で眼鏡をかけ、いかにも頭の切れそうな瀧澤がいった。

「これまで外人投資家に接触した感触からいって、プロキシーファイトには勝てる可能性があると思う。ここで妥協するのはよくない」

村上ファンド側は、海外の投資家を含め、三七〜三八パーセントの支持を得られるという感触を持っており、一一・七パーセントまで買い進んだ自分たちの持ち分と合わせれば、銀行や取引先を中心に三九パーセントの支持がある会社側に十分勝てると見ていた。

「うーん、そうかぁ……」

村上が考え込む。

「村上君、あなたはオリエント・レディのコーポレート・ガバナンス改善のためにこの案件を始めたんでしょ？　ＵＢＳの社内でも、そういう前提でアドバイザーを引き受けてるんだから」

大楠は、上司を通じてロンドンの投資銀行本部に、村上の活動は日本の資本市場改善に寄与すると訴え、アドバイザーを引き受ける内部承認を得た。もし単なる金がらみの話になった場合、アドバイザーを降りなくてはならなくなる可能性がある。

二日後（二月十六日）——

東京は日中の最高気温が十二度だったが、快晴で、澄み渡った青空から明るい日差しが降り注いでいた。

村上世彰は、昼食の場所に指定された千代田区紀尾井町のホテルニューオータニに出向いた。かつて大名屋敷や旧伏見宮邸があった都心の一等地にあり、地上四十階建て、三十階建て、十七階建ての三棟からなる、日本を代表するホテルである。

オリエント・レディの社員三人が玄関で待ち受けていて、村上を連行するように「ザ・メイン」と呼ばれる棟の十六階のレストランに案内した。

田谷が日頃からひいきにしている「大観苑（たいかんえん）」という中華レストランで、東側と西側の壁が全面ガラス張りで、東京の景色がパノラマになって展開していた。ウェイターたちは全員黒服を着て、立ち居ふるまいが執事のようで、人によっては慇懃（いんぎん）無礼に感じることもある。

個室に入ると、昼食の用意がされており、テーブルの中央に伊藤雅俊、左右に田谷毅一と光学ガラスメーカー最大手、HOYAの鈴木洋社長がすわっていた。

フレームのない眼鏡をかけた鈴木は、村上とほぼ同年配。米国法人の社長などを歴任して米国駐在が長く、欧米流の先進的な企業統治を経営に取り入れている。

「村上君、鈴木さんは、オリエント・レディの社外取締役を引き受けることをご了解して下さった。田谷君は、長いこと上げていなかった配当を、今年は記念配当ということで二十円にしようと考えている。ここらで手を打ってくれないか」

白髪をきちんと整え、大きなフレームの眼鏡をかけた伊藤が、穏やかな微笑を湛えていった。

(二十円!? たったそれだけ!?)

村上はがっかりした。百円とか二百円ならまだしも、二十円では話にならない。目の前の田谷は、例によって伊藤にいわれてやってきたらしく、仏頂面だ。びた一文たりとも余分な金を社外流出させたくない田谷にとって、配当を七円五十銭引き上げるだけでも、清水の舞台から飛び降りるような決断だった。

「伊藤会長、お忙しい中、ここまでお膳立てして下さり、感謝の言葉もございません」

村上が丁重に切り出した。

「しかしながら、オリエント・レディの財務状況を見ますと、総資産の実に七五パーセントが現預金という異常な状態です。本来なら、会社の将来にとって重要なＳＰＡ（製造小売）化の推進とかブランド戦略なんかに積極的に投資しなくてはいけないのに、住友不動産やニチメンとの株の持ち合いに使ったり……」

「村上君、今日はそういう細かいことは、脇に置いといてくれ」

伊藤が厳しい口調で遮った。

「君たちは、これだけ譲歩を引き出したんだから、もうこのへんでいいじゃないか」

「村上さん、あなたはいったい、いくらほしいんだ？」

鈴木が不信感を滲ませて訊いた。

「お言葉ではございますが、今のままではなんのために内部留保を積み上げているのか分かりません。企業統治の面からいっても、いろいろ改善すべき点が……」

大楠や瀧澤と合意した手前もあり、相応の成果なしには、退き下がるわけにはいかない。

「村上君、いい加減にしろ！　こんなことを続けていると、日本で生きていけなくなるぞ！」

伊藤に一喝され、村上は口をつぐんだ。

その言葉が四年後に現実になるとは夢想だにしていなかった。

この日の話し合いも物別れに終わり、互いに一歩も譲らない両者は、プロキシーファイトに突入した。

オリエント・レディは田谷自ら陣頭指揮をとり、百貨店や銀行などの取引先株主を中心に、支持を働きかけた。バブル崩壊後の不良債権で体力が弱まった銀行や下位の総合商社の中には資本増強のために株式持ち合いの相手を探したり、優先株や劣後債の販売に血眼になっている会社が多く、田谷はそういうチャンスを捉えて、株式の持ち合いによる安定株主工作をしたり、豊富な現預金で劣後債を購入する見返りに、株主総会での支持を取り付けていった。

村上ファンド側は、都内や米国で「株主集会」を開催したり、個別の株主を訪問したりして、外国人投資家を中心に委任状獲得工作を進めた。

新聞や雑誌の紙誌面には〈初の本格的委任状闘争へ　村上氏が株主還元策巡りオリエント・レディと〉〈村上ファンド銘柄が軒並み高騰　オリエント・レディはストップ高〉〈ひと列伝　村上世彰氏　官僚から物申す株主に転身〉といった刺激的な見出しが連日躍り、日本全体が騒動に巻き込まれていった。

翌週（二月二十四日）――

村上ファンドのオフィスは、港区南麻布四丁目に建つ、淡い紫色の外壁の七階建てのビルに入居している。付近には慶應義塾幼稚舎、フランス大使館、北里大学北里研究所病院などがあり、瀟洒（しょうしゃ）なマンションが建ち並んでいるが、そばを首都高速二号目黒線が走っているため、景観はよくない。

「あっ、なんだこれは!?」

小ぢんまりとしているが、外資系企業のようにすっきりとモダンなデスクで、パソコン画面を見ていた村上ファンドの幹部の一人が思わず声を上げた。

「どうしたんですか？」

そばにいた女性スタッフが、画面を凝視する男性幹部に声をかけ、後ろから覗き込む。

男性が見ていたのは「ＹＡＨＯＯ！　掲示板」で、手紙のようなものがアップされていた。

「『オリエント・レディから株主の皆様方へ』……？　これって、オリエント・レディが株主にあてた手紙ですか？」

「そうらしい。ひどい内容だよ」

手紙は、村上ファンドの株主提案を「常軌を逸した要求」と断じ、「いい加減な数字を並べて、多くの善意ある株主を惑わす卑劣な行為であり、短期的な利ザヤ稼ぎのために株主となり、経営批判するのは、コーポレート・ガバナンスに名を借りた資産の持ち逃げに他ならない」と激烈な言葉で批判していた。

「うわー、これは確かにひどいですね！　一部上場企業が株主提案をこんなふうに罵倒するなんて、あり得ないですよね」

「まあ、かなり追い詰められてるってことなんだろうなあ」

手紙は、約三千五百人の株主のうち、会社側提案を支持しそうな千五百人ほどに送られたものだった。

村上ファンド側は直ちにオリエント・レディに抗議し、「手紙の内容は名誉毀損である。また特定の株主のみに手紙を送るために会社の経費を使う行為は、株主代表訴訟の対象になり得る」と申し入れた。

これに対して総務部長の鹿谷保夫が「手紙を出したのは事実だが、村上ファンド側だって株主に手紙を出しているではないか」と苦しまぎれの反論をした。


それから間もなく——

海猫百貨店の婦人服課長、烏丸薫は、JR滝川駅近くの栄通りにある「味軒」というラーメン店で、味噌ラーメンをすすっていた。

北海道札幌市から函館本線で旭川に行く途中にある滝川市は、中空知地域の中心で、人口は約四万六千人。農・工・商業がバランスよく発展し、農業では、リンゴ、玉ねぎ、合鴨、味付けジンギスカン、小麦、蕎麦などが特産品である。

二月のこの時期は、連日の降雪で、町全体が七〇センチほどの雪に埋まっている。朝方の気温が氷点下十五度前後まで下がる日もあり、日中も零度に達しない厳しい寒さだ。

「はい、いらっしゃい！」

烏丸の背後で、ガラスをはめ込んだ片開きのドアが開き、寒風とともに男性客が入ってきた。

「すいません、味噌ラーメン一つ」

スーツの上からダウンジャケットを着た男性客は、カウンターにすわり、革の手袋を脱ぎ、毛糸の帽子をとって、一心不乱にラーメンをすすっている烏丸のほうを見た。

「あれっ、烏丸さんですか？」

「えっ？」

烏丸がどんぶりから顔を上げ、声のしたほうを見ると、銀縁眼鏡のレンズを湯気で曇らせた五十歳くらいの男がこちらを見ていた。

「八木沢さん！　なに？　仕事で滝川にきたの？」

男はオリエント・レディィ札幌支店長になった八木沢徹だった。旭川の高校時代は野球部のキャッチャーで、田谷軍団の一員らしく、動作がきびきびしている。

「はあ、まあ、仕事といいますか、例のあれです」

「例のあれって……村上ファンドの件？」

近頃は、オリエント・レディィといえば、即、村上ファンドである。

「ええ。滝川に個人株主さんが二人いるんで、菓子折り持って、会社提案支持のお願いをしてきました」

「へーえ、滝川にもおたくの株主がいるんだ」

「北海道には五十人くらい株主がいます。みんなで手分けして、お願いに歩いてるところです」

「そりゃ、大変ねえ！」

「我が社は、もう村上ファンド対策一色ですよ。仕事にならないすよ」

八木沢は悩ましげな顔で、コップの水を喉に流し込む。

オリエント・レディでは、全国の支店をあげて、株主説得に奔走している。

「田谷社長はお元気なの？」

「いや、相当参ってるようです。本社によると、ボディガードまでつけたらしいです」

「えっ、ボディガード？　なんのために？」

「村上世彰に雇われた暴漢に襲われないようにするためだそうです」

「まさか！　いくらなんでもそこまではやらないでしょ」

「あれで結構臆病なんです」

八木沢は苦笑し、カウンターごしに味噌ラーメンを受け取る。

「ところで烏丸さんは、なんでまた滝川に？」

「ちょっと北竜（ほくりゅう）に帰ったのよ。両親ももう八十近くて、屋根の雪下ろしとかが大変だから、手伝いに」

北竜町から滝川駅まではJR北海道バスで四十分弱、滝川駅から札幌駅まではJRの特急で約五十五分である。過疎化の影響で、昔に比べるとバスの本数はかなり減った。

「ああ、それで。『味軒』はよくこられるんですか？」

「わたしここの味噌ラーメンのファンでね。前は札幌の地下街にも店があったんだけど、もうここだけになったから、帰省のときは滝川経由にしてるのよ」

「味軒」は店舗網の拡大が急だったため、経営に行き詰まったという話である。

「確かにこの野菜をたっぷり煮込んだ甘めの味噌スープとコシのある黄色い縮れ麺は、道民の琴線に触れますよねえ」

八木沢も、美味そうにラーメンをすすり始めた。

2

四月——

東京は桜の季節を迎え、渋谷区代官山町の田谷毅一の新居から歩いて十分ほどの目黒川沿いの桜並木も、ソメイヨシノ、八重桜、枝垂(しだれ)桜など、約八百本があでやかに咲き誇っていた。

オリエント・レディと村上ファンドの抗争は、前者がツテを頼って村上の古巣である経済産業省の大臣に村上を抑え込んでくれるよう依頼したり、「村上ファンドには危ない筋から金が流れている」という根拠のない噂を流したりして、泥仕合化していた。

「う、うわああーっ！」

暗闇の中で、獣のような叫び声が響いた。

「うおおーっ！　おめえらーっ！　……ぐわあーっ！」

叫んでいたのは、田谷毅一だった。

次の瞬間、掛布団をがばっとはね飛ばし、大きなベッドの上で上半身を起こした。

「はあ、はあ、はあ……」

（夢か！　……なんていうこんだ！）

心臓が早鐘のように鼓動を打ち、全身が冷や汗でぐっしょりと濡れていた。

（株主総会で追放される夢を見るとは！　俺は追い詰められているずらか!?）

最近引っ越してきた代官山の邸宅は、深夜の静けさの中にあった。

若い頃から仕事で毎晩午前様で、家庭をほとんど顧みなかったため、夫婦仲はとうの昔に冷え切り、妻はまだ高輪の家から引っ越してきていない。

敷地面積二一〇坪、時価八億円の豪邸に住んでいるのは、田谷と住み込みの家政婦だけだ。

（株主の……株主の支持は、今、どんな状況だぁ？）

ベッドサイドの電気スタンドを点け、置いてあった革の手帳に手を伸ばす。

株主からの支持の取り付け状況と、村上側についた株主数およびその持ち株数を日々克明に記している手帳だった。

白髪まじりの頭髪を乱し、太いフレームの老眼鏡をかけ、手帳の数字を凝視する六十七歳の姿には、確実に老いが忍び寄ってきていた。


四月二十六日――

オリエント・レディは決算発表と合わせ、従来一株当たり十二円五十銭だった配当を二十円に引き上げ、百二十三億円を上限とする自社株買いも行うと発表した。アドバイザーに起用した野村証券などと話し合った結果の妥協策だった。

これに先立ち、二回に分けて、東証のToSTNeT（立会外取引）で、六十万株（総額約七億円）の自社株買いも行なった。ToSTNeT市場は、四年前にできた、オークション時間外の立会外取引で、オークションでの円滑な執行が困難な大口取引やバスケット取引に使われる。


五月二十三日（木曜日）――

東京は薄曇りで風もなく、朝方の気温も二十度近くと、穏やかな初夏の日を迎えた。

ＪＲ御茶ノ水（おちゃのみず）駅から本郷通りの坂道を徒歩で五分ほど下った場所にある全電通労働会

館前の路上には、朝七時すぎから、大きなカメラを首から下げ、三脚や脚立を持った報道各社のカメラマンたちが集まり、正面入り口脇に立てかけられた〈株式会社オリエント・レディ　第54回定時株主総会会場〉という白地に黒い文字の看板などを撮影していた。

オリエント・レディと村上ファンドの争いは、会社は誰のものかという根本的な議論に発展し、日本中で話題になっていた。

午前七時五十分頃、村上世彰が車でファンドのメンバーたちと到着した。フラッシュが次々と焚かれ、メモや音声レコーダーを手にした記者たちが一斉に駆け寄る。

一階の株主受付は、つばのある制帽に青い制服姿の綜合（そうごう）警備保障の警備員たちとオリエント・レディの男性社員たちで固められ、全員の入場票と身分証明証をチェックし、鞄は有無をいわせずクロークに預けさせていた。

村上ファンド側が、速やかな議事進行のために、事前に委任状を含めた議決権の数を集計しておくよう求めていたが、オリエント・レディ側が拒絶し、当日数えることにしたため、午前十時開会の予定が大幅に遅れた。

田谷ら役員たちが、株主総会の会場である二階の三四〇平米のホールに姿を現したのは午前十一時二十分すぎだった。

「皆さん、お早うございます」

　議長を務める田谷が壇上で挨拶をすると、会場の最前列から三列目あたりまでを埋め尽くした社員株主たちが、「お早うございまーす！」と割れるような大声で挨拶を返す。全員が紺か黒系統のスーツを着た男性社員で、黒い岩の塊が横たわっているようだった。

「なにがお早うだ！　株主をこれだけ待たせて、なんだと思ってるんだ!?」

　一般株主の男性が怒声を上げ、白髪まじりの頭髪をオールバックにし、ダブルのダークスーツをりゅうと着た田谷の顔に緊張が走る。

　その左右をボディガード役の社員二人が固めていた。

　田谷が、委任状を含めた出席者の株式総数について述べ、株主総会が適法に開催されたことを宣言する。

「これから議案の審議に入りますが、発言については、議長の指示にしたがってもらいますので、何卒よろしくお願いいたします」

　田谷が、しわがれ気味の声でいうと、社員株主たちが「了解！」「りょうかーい！」と一斉に声を上げ、拍手した。

　事前のリハーサルは、アドバイザーの野村証券や取引銀行にも手伝ってもらい、何十回も行なっていた。

「それでは最初に、当社第五十四期の営業状況についてご報告いたします。なお貸借対照表、損益計算書その他の財務諸表につきましては、監査人および監査役会より、適正であるとの意見を得ております」

田谷が視線を手元資料に落とし、営業報告を始める。

「我が国の個人消費が低調に止まる中、アパレル業界においては、生き残りをかけた競争がますます激しさを増してきております。当社は、品質とファッション性を備えた上質な商品を生み出す努力を続け……」

約二百五十人の出席株主の周囲には、五、六メートル間隔でスーツ姿のオリエント・レディの男性社員たちが看守のように立ち、変な動きがないか目を光らせている。

「……しかしながら、取引先の破綻や時価会計導入の影響などが重なり、当期の売上高は前期比七・一パーセント減の五百八十億円余、経常利益は同五一・二パーセント減の四十五億円余、当期損益は前期の四十七億円の利益から七億円余の損失となり、誠に不本意な結果となりました」

田谷の背後には、総務部の男性社員たち数人と女性の顧問弁護士が控えている。

演壇の左右に、白い布がかかったひな壇が延び、専務以下の十一人の取締役と監査役が神妙な顔つきですわっていた。

村上世彰は会場中央に陣取り、一〇メートルほど離れた田谷にじっと視線を注いでいた。その様子を、会場右手前方に立った社員が、監視するようにビデオカメラに収めている。

「……以上、お手元の書類のとおりでございます。今後は、海外の有力デザイナーとの提携などを積極的に進めて参ります」

財務諸表の変動箇所について説明をし、田谷が営業報告を締め括った。

「続きまして、株主から事前にご質問を頂いておりますので、専務のほうからご説明申し上げます」

田谷がいい、額がかなり後退し、縁なし眼鏡をかけた専務がうなずく。

「なお、すでにご回答済みのもの、ならびに本総会の目的から逸脱している質問につい ては、割愛させて頂きます」

田谷が念を押し、演壇に近い位置にすわった小柄な専務が手元の資料に視線を落とす。

「株主からのご質問につき、以下のとおりご回答いたします」

五十代後半で、地味で手堅そうな風貌の専務は、田谷の高校の十一年後輩で、中央大学商学部を出て、塩崎健夫らとともに、オリエント・レディの大卒第二期の採用で入社した。

「今期の一株当たり二十円という配当につきましては、上場アパレル会社の中でも極めて高い水準と認識しております。自己株式の取得（自社株買い）につきましては、様々な制約と会社の長期的展望の中で、できるだけ行なっていく方針です。投資有価証券の保有が多大であるというご指摘につきましては、当社は有価証券投資を目的とする会社ではなく、余資の一部を運用しているということであります。投資有価証券の損失についてのご指摘は、真摯に受け止め、今後チェック体制を強化していきたいと考えております」

専務がやや緊張して回答を読み上げたのに続き、別の役員二人が、それぞれ担当する部門に関する株主からの質問への回答を読み上げた。

「以上、質問状に対してご回答をさせて頂きました」

田谷がいうと、前方に陣取った数十人の男たちが一斉に「了解！」「りょうかーい！」と叫び、盛大な拍手をする。村上ファンドのメンバーや一般の株主たちは、呆れた表情。

「それでは会場からご質問を受け付けたいと思います。ご質問がある方は、手を挙げて議長の指名を受け、入場票の番号と氏名を述べ、簡潔にご発言願います」

会場からいくつも手が挙がった。

「百二十五番の静岡からやってきた中村と申します」

六十歳すぎと思しい黒いシャツにネクタイを締めた男性が指名され、質問を始める。

「御社の株を老後資金として購入させて頂きました。二月に千四百円近くで買って、今は千百円くらいで損が出ています。自社の実力からいって適正な株価はいくらだと思うかということと、株価向上への戦略を聞かせて頂きたい」

村上の株主提案のあと、株価は急騰したが、その後、多くの投資家が利食い売りしたため、再び下落した。

「株価というのは、市場に任せざるを得ないところがあって、高いとか安いとかなかなかいいづらいもんです。二月にお買いになったんですか？」

田谷が静岡の男性に訊いた。

「そうです」

「まあ、あの頃は特殊要因なんかがあって、上がったり下がったりした時期でしたからね……。千四百円を割らないことが望ましいと思っておりますが、そのためにはやはり本業で利益を出すということに尽きるのではないかと思います」

二番目の質問者は都内からきた一般株主だった。

「バブル崩壊後、百貨店がじり貧に陥っていますが、御社は今も販路が百貨店中心のように思われます。このままだと、百貨店と心中するようなことになるんじゃないんでしょうか？」

「これにつきましては、もちろんいろいろ手を打っております。ヤング・カジュアルの商品も開発しており、紳士服の発売も検討しております」

しかし実際には、田谷は「百貨店命」の姿勢を崩していない。唯一の例外は、グレード事業部という量販店向けの部門で、ジャスコやユニーなどとも取引きしていたが、実質的にはイトーヨーカ堂対応部署で、若い頃からの恩人である伊藤雅俊には頭が上がらない。

続いて指名されたのは、村上ファンドのメンバーの男性だった。

「御社はマイカル債に投資して四十億円の損失を出したわけですが、こういうリスクの高い有価証券に投資して多額の損失を出すくらいなら、株主に還元すべきではないでしょうか？」

田谷が後方に控えた女性弁護士を振り返り、相談する。

「有価証券投資の損失については、先ほど専務のほうからご回答したとおりです。次の方どうぞ」

「ちょっと待って下さい！　四十億円の損失ですよ。これで今期の利益が全部吹っ飛んだんじゃないですか！」

会場からまばらな拍手が湧く。

「議長が次の方っていってるだろう⁉　議長の指示に従えよ！」

最前列中央に陣取った鹿谷保夫が、怒髪天を衝く顔つきで村上らのほうを振り返り、怒声を浴びせる。

「議事進行！　議事進行ぉーっ！」

社員株主たちも一斉にわめく。

「議長、確かにあの四十億の損は問題ですよ」

先ほどの静岡の男性も怒りをあらわにした。

「『真摯に受け止め、今後チェック体制を強化します』じゃ済まされないですよ！　そもそも誰が、どういう社内手続きで投資を決めたんですか？」

「マイカル債につきましては、投資をした時点で社内の基準を満たしており、当社は銀行や証券会社の助言を受けながら、堅実に投資を行なっております」

騒然とする中、田谷が書類を読むかのようにいう。

「ただし、投資でありますので、儲かるときもあれば損をするときもあるということです。議事を進行します」

「了解！」

「了解！」

「冗談じゃない！　取締役会に無断で投資したんじゃないのか!?」

「議事進行ぉーっ！」

村上や一般株主の追及の声は、大勢の社員株主の声に呑み込まれ、うやむやのうちに議事が進められる。

「田谷社長、あなたにとって、株主とはどういう存在ですか？」

村上ファンドの若い女性スタッフが訊いた。

やや黄色い声は、男が大半の会場で目立ち、社員株主の中には「ハハハハ」と馬鹿にしたような笑い声を上げる者もいる。

「あなたは五月十六日付の株主あての手紙の中で『特殊株主』という言葉を使っていますね。特殊株主とはどういう意味ですか？」

それは村上ファンドを指した言葉だった。

そもそも特殊株主は、総会屋を意味する語だ。

「当社は、株主さんとか、従業員さんとか、お取引先とか、そういうすべての関係者と協力して、社会に貢献したいと思っております」

田谷がしれっとした顔でいった。

「『特殊株主』というのは、一般の多くの株主さんとは違う株主という意味で書いております。そう理解して頂けないでしょうか？」

「理解できません！」

女性が挑むように答えると、また社員株主たちが「ハッハッハッハ」と馬鹿にしたような笑いを浴びせた。

その後も、一般株主や村上ファンドから、オリエント・レディがホームページさえ作っておらず、情報開示にきわめて不熱心であることや、社内の権限が社長に集中しており、ガバナンス上望ましくないという指摘がなされたが、田谷は「そんなことはありません。いろいろやってるんです」とか「今後の糧にしたいと存じます」と、のらりくらりかわした。一般株主からの「社員株主のヤジを止めさせてほしい」という要望は、まともに取り合わなかった。

「そろそろ質問も出尽くしたようですので、議案に関する審議に入りたいと思います」

時計の針が正午を三十分ほど回ったところで田谷がいうと、社員株主から「異議なーし！」と拍手が湧き、村上ファンド側の「まだ質問は終わってませーん！」という叫びをかき消す。

「質問です！　進行についての質問です！」

村上ファンドの弁護士が声を上げた。村上より一歳下で、東大法学部の同窓生だ。

「なーにいってるんだ!?」

社員株主がヤジを飛ばす。

「議案に関する質問は別にやってもらえるんですね？」

村上ファンドの弁護士は臆せず問いただす。

田谷が背後の女性顧問弁護士と相談する。

「別にやります」

田谷が答えた。

「結構です」

「それでは会社側提案につきまして、ご説明いたします」

　田谷は、Ａ５判で二十ページあまりの「第54回定時株主総会招集ご通知」という表題がある冊子に書かれた議案を読み上げる。

　会社側提案の議案は一号から六号までで、第五十四期の利益処分案（および配当）、自己株式の取得（自社株買い）、取締役の選任（含む社外役員）などである。配当は一株当たり二十円、自社株買いは千三十万株（発行済み株式の約一〇パーセントで、百二十三億円が上限）、社外取締役にはルミネ会長と信用金庫の理事長の二名を推薦した。

「……以上が、議案の一号から六号までの提案内容です。それでは、議案の七号から九号までを提出したＭ＆Ａコンサルティング代表取締役村上世彰さんに、ご説明をお願いします」

「すいません、議案説明の前に、一点お願いしたいことがあります」

　会場中央に陣取った村上がいった。

「おい、何番だ!?　番号をいえ！」

　社員株主からヤジが飛ぶ。

「なんだと!?　失礼じゃないか！」

　村上が憤然としていい返す。

「お願いしたいのは、委任状の集計を終えて頂くことです。それを出して頂いてから、説明したいと思います」

村上がマイクを手にして、田谷にいった。

委任状の集計は、総会開始前も手間取り、開会が予定より一時間半も遅れた。

「それでは、集計のため、いったん休憩します」

田谷がいい、一部の株主たちは立ち上がり、外に昼食を買いに出かける。


委任状の集計に一時間以上を要し、総会が再開されたのは午後二時すぎだった。

再開を宣言する田谷の顔は、先ほどまでと比べるとかなり余裕があり、笑みさえ浮かべていた。

(なにかあったのか……?)

村上世彰らは、嫌な予感にとらわれた。

「それでは第七号から九号までの株主提案につき、ご説明いたします」

村上は、一株当たり配当金五百円、自社株買い三千四百万株(発行済み株式の三分の一、上限五百億円)、元日本興業銀行常務と経営コンサルタントの二名を社外役員に推薦、という内容の株主提案を説明した。

「ええ、会社としましては、七号から九号の議案には反対いたします」

ひな壇にすわった地味な風貌の専務がいった。

「それでは、議案に関する質問のある方は、挙手をお願いします」

田谷がいうと、一般株主や村上ファンドのメンバーたちが挙手をし、質疑応答が始まった。

村上ファンド側は「千二百五十億円という大量の資金が有効活用されていない」「ファッションビルに五百億円も投資するのなら、より安全な自社株に投資すべき」「社外取締役には、会社から独立して意見がいえる人物がふさわしい」といった議論を展開した。これに対して会社側は「五百億円などという配当をすれば企業体力が弱まる」「ファッションビル計画は、当社がアパレル会社として知見のある表参道や銀座のビルおよび周辺地域の商品の売れ筋を詳しく調べ、大手不動産会社と一緒に入札するなどして、慎重に取り組んでいる」「社外取締役には、当社の内容をよく知る人物がふさわしい」と反論し、議論は相変わらず平行線のままだった。

株主たちの多くは、午前八時くらいからきているため、かなり疲れた表情である。

「……えー、それでは議論も出尽くしたと思いますから、採決に入らせて頂きたいと思います」

午後三時少し前、田谷がいった。

「ちょっと待って！　質問でーす」

「しつもーん！」

村上ファンドのスタッフらが手を挙げる。

田谷がしょうがないなという表情で、質問者の一人を指名する。

「役員と社外役員の選任および候補者の適格性に関連しての質問です。御社は十億円以上の投資には、取締役会決議が必要であると取締役会規定に定められていますよね？」

村上ファンドの男性幹部が訊いた。

「そうです」

壇上の田谷が答える。

「マイカル債の投資にも取締役会決議はあったのでしょうか？」

「もちろんです」

田谷は嘘をついた。

本当は独断でやったもので、この翌年、村上ファンドに訴えられ、会社に一億円の損害賠償を個人で支払わされる羽目になる。

「なぜトリプルBより格付けが低い債券に投資したのでしょうか？」

トリプルB未満の格付けは「投機的等級（投資不適格）」で、リスクが高い。

「投資したときはダブルAでした」

「そんなこと、ありえませーん！」

村上ファンドの女性スタッフが叫ぶ。

マイカル債は発行当初でもシングルＡマイナス（日本格付研究所）で、その後、信用状態が悪化するにつれて格下げされ、田谷が買ったときは投資不適格だった。

「それでは議論も十分なされたと思いますので、採決に入ります」

田谷は再び採決に入ろうとする。

「賛成！」

「異議なーし！」

社員株主たちが一斉に叫んだ。

「検査役、これ尋常な進行でしょうか!?」

村上ファンドの弁護士が大きな声でいった。

今回の総会には、公正な議事進行を確保するため、東京地裁から検査役が派遣されていた。

「弁護士さーん、これ、あとで困りますよ！　公開企業ですよ！」

村上ファンドの幹部も、田谷の背後に控える女性弁護士に向かってダメ押しする。

田谷が後ろを振り返り、女性弁護士と相談する。

「会場のご要望が強いので、もう少しだけ質問を受け付けることにします」

苦々しげな表情でいうと、まばらな拍手が起きた。

会場から、自社株買いの価格や投資に関する監査役の責任についての質問や追及があり、田谷が例によってのらりくらりと質問をかわす。「監査役は取締役の業務執行を監視する役目を果たしていないと思います」という指摘に対しては、「ご指摘、有難うございます」としれっと答えた。

「それでは以上で質問を打ち切りたいと思います」

いくつか質問を受け付けたあと、田谷がいい、社員株主たちから「りょうかーい!」「よぉーし!」「異議なーし!」というかけ声と拍手が湧く。

「質問でーす! まだ質問がありまーす」

村上ファンドの女性の黄色い声が飛ぶ。

「あんたは、もう十分質問したでしょう」

田谷が忌々しげな顔でいい返す。

「まだ一回しか質問してません!」

「もう十分聞きました。同じことを何回もいわんで下さい! なんでもがーがいって、時間をかけりゃいいっちゅうもんじゃあないでしょう!」

甲州弁まじりで怒鳴り返す田谷の顔にも、疲れが色濃く滲んでいた。

村上ファンド騒動が始まって以来、顔の皺や白髪がめっきり増え、寿命が十年縮まったといわれている。

午後三時に近くなって、いよいよ採決に入った。

今総会では書面による採決方法が採られ、株主たちはあらかじめ配付された投票用紙の各議案に対する賛否の欄に丸を付け、青い腕章をつけた社員たちがそれを回収して歩く。

「それでは、集計のため、四時まで休憩にします」

「また休憩かよ!?　なんちゅう長い総会なんだ!」

一般株主たちがぼやく。

村上ファンドのメンバーたちは、一階のロビーでサンドイッチを食べながら作戦会議に入る。

その近くに、青い布で囲った集計所が設けられ、東京地裁の検査役立ち会いのもと、投票の集計作業が行われていた。

午後五時すぎ、田谷毅一は、総会場のホールの一つ上の階にある役員控室に池田定六の女婿、文男の息子を招き入れた。

「このたびは有難うございました。おかげさまでなんとか勝てたようです」

田谷が相好を崩していった。

投票の大勢が判明し、会社側の勝利が確実になった。

「そうですか。それはよかったです」

四十歳少し手前の池田定六の孫は淡々と応じた。

池田文男は、田谷が社長になったあと、約十四年間副社長を務めたが、がんで亡くなった。

その息子はサラリーマンをやりながら、池田家の資産管理をしている。池田家のオリエント・レディに対する持ち株比率は、現在約一パーセントである。

「今後とも是非ご協力をお願いします」

田谷に握手の手を差し出され、創業家の家長は白けた表情で、その手を握り返す。

田谷は日頃、「池田家には足を向けて寝られません」といいながら、社長になって以来、墓参することも池田家に挨拶に行くこともなかった。池田家のほうも、田谷の人間性を疑問視しており、会社側提案に賛成したのは、村上の提案よりは会社にとって少しはましだと判断したからにすぎない。


「お待たせしました。投票の結果を発表します」

午後四時の予定から大幅に遅れた午後五時五十分頃、田谷毅一が演壇でいった。

「第一号議案（配当二十円）、賛成四万八千ころんで八十一票、反対三万七千四百五十六票、第二号議案（自社株買い千三十万株）、賛成四万五千五百二十二票、反対四万と二つころんで十五票」

「よしっ！」

「りょうかーい！」

社員株主たちが盛大に拍手をする。

第三号議案（会社側推薦の二人の社外役員を含む取締役の選任）もそれぞれ約六万八千票対一万七千四百票という大差で可決された。

第四号議案（監査役一名の選任）、第五号議案（退任役員への慰労金贈呈）、第六号議案（退任監査役への慰労金贈呈）は、村上ファンドも反対せず、問題なく可決された。

「第七号議案（配当五百円）、第八号議案（自社株買い三千四百万株）は、ともに否決」

投票結果は第一、二号議案の票の裏返しである。

「第九号議案（元興銀常務と経営コンサルタントの社外役員選任）は、それぞれ賛成四万ころんで八百二十四票、反対四万四千七百十三票、同じく賛成四万ころんで七百六十票、反対四万四千七百七十七票で、否決されました」

会社側提案はすべて可決され、村上ファンドの提案はすべて退けられた。

村上世彰は、悔しさを噛みしめながら宙を仰いだ。

（外人投資家の動きが誤算だったか……!?）

村上の提案を支持してくれていた外国人投資家の一部が、去る一月末の村上の株主提案を受けて株価が急騰した際、株を売却していた。外国人持ち株比率は、昨年八月末の三八・六パーセントから今年二月末には二八パーセント台まで落ちていた。

また外国人投資家の五パーセントの委任状がなんらかのミスで届かなかった。外国人投資家の議決権行使は、実質株主（外国人投資家）→株券受託銀行（global custodian）→日本国内の常任代理人（Japanese sub-custodian）という三層構造で、実質株主と株券受託銀行の間に投資顧問業者が入れば四層構造になり、関係者間の意思疎通がスムーズにいかないリスクがある。

一方、去る一月に、三和銀行と東海銀行が合併してＵＦＪ銀行になったため、銀行の事業会社に対する持ち株制限（上限五パーセント）にしたがって、三和銀行がオリエント・レディの株を手放したが、住友不動産、大林組、ニチメンなどが持ち株を増やし、二月の一ヶ月間でオリエント・レディの株式持ち合いは四・五パーセント増加した。

「それでは以上をもちまして第五十四回定時株主総会を閉会いたします。本日は有難うございました」

社員株主たちの割れるような拍手と、村上ファンドおよび一部の一般株主のため息が漏れる中、ボディガード役の社員に左右を固められた田谷が閉会を宣言した。

3

年明け（平成十五年）――

村上世彰は、日比谷通りを挟んで日比谷公園の向かいに建つ旧三井銀行本店前でタクシーを降りた。三井住友銀行頭取の西川善文を訪ねるためにやってきたのだった。

同行は、オリエント・レディと株式の持ち合いをしており、先の株主総会でも会社側提案に賛成した。村上が財界人脈を通じて西川に会い、「オリエント・レディは、コーポレート・ガバナンスを抜本的に改善しなくてはならないと思います。なんとかお力添え頂けないでしょうか」と、〝爺殺し〟の本領を発揮して依頼したところ、西川は「あなたのいうことももっともだ。うちはあの会社の準メインバンクでもあるし、なにかできないか考えてみよう」と返事をした。

それから数ヶ月経ち、西川から、オリエント・レディについて説明したいから銀行にきてほしいと連絡があった。

三井住友銀行は、二年前の四月、住友銀行頭取だった西川が、グループの垣根を越えて三井グループのさくら銀行と合併するという離れ業で誕生させた銀行だ。新グループの社長兼銀行頭取には西川が就任し、旧三井銀行本店（さくら銀行東京営業部）にグループ本社を構えた。

地上九階・地下五階建てのビルは、伝統の重みを感じさせる黒を基調とした外観である。

村上が、期待半分、不安半分の気持ちでロビーに足を踏み入れると、どことなく落ち着かない空気が漂っていた。昨年十一月二十九日に、竹中平蔵金融・経済財政担当大臣が、不良債権処理の加速を柱とする「金融再生プログラム」の工程表を発表したため、メガバンク各行は自己資本不足による国有化を回避しようと、なりふり構わぬ増資に走っていた。最も見苦しいのは、取引先約三千四百社に対して奉加帳方式で増資を頼み歩いているみずほ銀行だが、三井住友銀行もわかしお銀行との逆さ合併で二兆円の合併差益を捻(ひね)り出そうとしたり、ゴールドマン・サックスに通常ではあり得ない有利な条件を与えて、大型増資を引き受けさせようとしたりしていた。

村上が秘書役の男性に案内され、社長兼頭取室に入ると、西川は室内後方の大きなデスクから立ち上がり、ソファーセットを手で示した。

四十畳ほどの大きな部屋は、オーク材がふんだんに使われ、竣工した昭和三十五年の面影を留めている。大きな窓からは日比谷のビル街と、その先の二重橋が見えた。

「オリエント・レディの田谷社長に会ってきたよ」

白髪にきちんと櫛(くし)を入れ、いかにも意志が強そうな風貌の西川が渋い顔つきでいった。

村上は、西川がわざわざオリエント・レディに足を運んだことに驚くとともに、その表情から、よい首尾ではなかったことを直感した。

「約束の時間に行ったら、三十分も待たされた」

「三十分もですか!?」

天下の銀行頭取を待たせること自体、信じられない。

田谷は、伊勢丹や海外ブランドのトップを待たせたりすることは決してないが、無借金経営で銀行にあまり気をつかう必要がなく、学歴コンプレックスもあって、一流大学卒の銀行頭取に対して傍若無人にふるまうことがあった。

「社長室に入ったら、謝るわけでもなく、『ああ、どうも』の一言だけだったよ」

西川の顔に不快感が滲む。

田谷は、取引銀行の中で最も親しく、経理や監査部門に出向者も出してくれている三和銀行の頭取を宴席に呼び、呼んだ自分が一時間以上遅れたときも、「いやぁ、どうも。忙しくてね」の一言で済ませたことがある。

「それで、『コーポレート・ガバナンスの面をもっとしっかりやられたらどうですか』とはいってみたんだが、『もうやってます』で終わりだった」

「はあー、そうですか」

蛙(かえる)の面に小便とはまさにこのことだ。

「融資関係なんかがあれば、銀行もいろいろ注文を出せるんだが、無借金経営の会社には、正直いってできることは限られている」

三井住友銀行がオリエント・レディに与えている最大の恩恵は株式の持ち合いだが、これは国有化を回避したい銀行にとっても大いにメリットがある。

「わたし個人としては、村上さんにはとことんやってほしいと思っているし、やっていいんじゃないかと思う。今回は、結果が出なくて申し訳ないが、またいつでも連絡して下さい」

五月七日――

ゴールデンウィーク明けの東京は、時おり雲間から太陽が顔を覗かせ、すごしやすい日だった。

銀座七丁目の中央通りと交詢社通りの角に建つビルの前で、華やかにテープカットが行われた。

CEOのフェルッチオ・フェラガモと、サルヴァトーレ・フェラガモの娘で副社長のジョバンナ・フェラガモが、モデルの川原亜矢子を挟んで立ち、他の関係者と一緒に笑顔でテープに鋏(はさみ)を入れると、詰めかけた人々から盛大な拍手が湧いた。

フェラガモの旗艦店である銀座本店の開店セレモニーだった。

真新しいビルは、フェラガモの赤いラッピングボックスを模し、白いリボンのような線が最上階の九階までまっすぐ延びている。四階から上は鏡のようなガラスの塔である。設計したのは、東京都庁などを手がけた丹下都市建築設計。地下一階は紳士物、一階は婦人物の靴やバッグ、子ども用商品、二階は婦人物衣料で、売場面積は五五〇平米。フェラガモの店舗では日本最大だ。

テープカットを見つめながら、東西実業の佐伯洋平は、ほっと安堵のため息をついた。この物件を獲得するために東海銀行の不動産部門に日参し、プラダ（伊）との競争に競り勝ち、契約がほぼ決まっていた東芝には詫びを入れ、新ビルの設計・建設や開業準備に奔走し、この日に漕ぎ着けた。旗艦店の初年度の売上目標は二十億円、日本全体で百八十億円を見込んでおり、日本への輸入を取り扱う東西実業にとっても大きな商権となる。

デフレ下で既存のアパレル・メーカーや百貨店が売上減に苦しむ中、ユニクロやしまむらのようなカジュアル衣料だけでなく、高品質・高価格の海外ブランドも売上げを伸ばしていた。プラダは来月、青山に旗艦店を開店し、ＬＶＭＨモエヘネシー・ルイヴィトンは九月に、傘下のフェンディ、セリーヌ、ダナ・キャラン、ロエベの四ブランドの旗艦店として青山に「ＯＮＥ表参道」を開店する予定である。中央通りには、昨年、フランスの高級鞄メーカー、ランセルが出店し、シャネルやカルティエも大型店を構える計画を持ち、海外高級ブランドの旗艦店がしのぎを削る激戦地になりつつある。

二週間後——

オリエント・レディは、千代田区九段南にある本社の大会議室で、第五十五回の定時株主総会を開催した。昨年同様厳重な警戒態勢が敷かれ、社員株主が与党総会屋の役を務めた。

村上ファンドは、ファンドの規模がオリエント・レディに投資を始めた頃の五百億円から倍の一千億円になったこともあり、昨年同時期の一一・七パーセントから一三・八パーセントへと保有比率を高め、再びプロキシーファイトに挑んだ。二千万株（約三百億円）の自社株買いを提案し、株主総会における特別決議に必要な定足数を総議決権の二分の一から三分の一に緩和するという会社側提案や、取締役の人数を十三名以内から十名以内に減らすという会社側提案に反対した。

しかし、すでに利食った外国人投資家の多くが株主名簿から姿を消していたため、昨年以上の差で敗北を喫した。マスコミの注目も昨年ほどには集まらなかった。

第九章　中国市場開拓

1

翌年（平成十六年）秋――

上海を貫流する黄浦江は、灰色のスモッグをとおして降り注ぐ陽光で鈍い銀色に燦めき、涼しい川風が吹き抜ける外灘では、旧香港上海銀行や旧江海関（租界の徴税機関）の古典的な石造りの洋風建築物が、「東洋のパリ」と呼ばれた二十世紀初頭の香りを漂わせていた。

オリエント・レディのマーチャンダイザー（ＭＤ）だった堀川利幸は上海にいた。

三年ほど前から社長の田谷に、「そろそろＭＤを卒業させてほしい」と願い出ていたところ、上海に現地法人を作り、中国市場の開拓をやるよう命じられた。

オリエント・レディは、過去、江蘇省に合弁で縫製工場を持っていたことはあるが、中国で婦人服を売ったことはない。

「お早うございます！」

堀川が当面の宿にしている盧湾区（現・黄浦区）のオークラガーデンホテル上海（花園飯店上海）のロビーで待っていると、不動産屋の唐さんが現れた。四十歳手前の主婦で、山西省の太原の農家の六人兄妹の長女である。長春大学で日本語を学び、日本人向けの営業を担当している。中背で朴訥とした雰囲気だが、生き馬の目を抜く上海でたくましく生きている。

「お早う。今日もよろしくお願いします」

すらりとした身体に、スポーティなニットセーターを着た堀川が挨拶を返す。頭の上にはゾフ（Zoff）のサングラスが載っている。

「じゃあ、行きましょうか」

二人は、ホテルの前で客待ちをしていたタクシーに乗り込む。

この日は、オフィスの場所の候補を何件か見にいく予定だ。

プラタナスの街路樹が多く、ヨーロッパを彷彿させる通りや、洗濯物がいっぱいに干された古い煉瓦造りのアパートが建ち並ぶ通りを、タクシーは西に向かい、十五分ほどで、虹橋地区に到着した。

虹橋は、昔は田畑が広がるのんびりした田舎だったが、一九八〇年代に道路や電力網など、インフラ整備が進められ、外国企業が誘致された。外国人の影響が社会一般に広まるのを警戒した中国政府が、一ヶ所に集めて管理しようという目論見（もくろみ）もあった。

二人は、東西に延びる片側四車線の天山路（テンシャンルー）と片側二車線の古北路（グーベイルー）が交わるあたりでタクシーを降り、古北路を南の方角へ歩いていく。街路樹に、フランス人が持ち込んだといわれる中国梧桐（ごとう）（アオイ科の落葉高木、アオギリ）とクスノキが植えられ、前者は黄色く色づき始めている。

宝飾店、不動産屋、甘味処、ラーメン店、居酒屋、寿司屋、理容院、病院などが軒を連ねる通りを、スッポン売りや日本人ビジネスマンが行き交い、消防士たちがランニングをしている。

建物は一九八〇年代かそれ以前のものが多く、外国人の生活に必要なものは一通り揃っているが、少し古びて、あか抜けない外国人居住区という感じである。

「えーと、あのビルですね」

唐さんが地図を見て、前方を指さした。

堀川が視線をやると、青緑色のガラスのタワーのような近代的なオフィスビルがそびえていた。

「ほお、立派なビルだねえ！」

三十一階建てのツインタワービルで、「遠東國際廣場（Far East International

Plaza)」という名前だった。

場所は仙霞路との交差点のそばで、近くに洋風建築のリッチ・ガーデン・ホテル（利嘉賓館）や上島珈琲店があった。街路樹のある広い通りに、明るい日の光が燦々と降り注ぐ風景は、渋谷区神宮前を思わせる。

「ここは、まだできて五年です」

ビルのそばまできて、唐さんがいった。

自動ドアを通ってロビーに入ると、一階には、中国農業銀行の支店、喫茶店、マッサージ店などが入居していた。

二人はエレベーターで十八階に上がる。

フロアーには、六〇～一五〇平米のオフィスがいくつもある。そのうちの一つはアパレル関係の会社が使っているらしく、ガラス扉の向こうの壁際のラックにずらりと生地がぶら下がり、デスクで若い社員たちが打ち合わせをしていた。

候補物件は、壁がまだコンクリートの打ちっぱなしの六〇平米ほどのスペースだった。

「うーん、ここは景色がいいねえ」

広いガラス窓の向こうに、遠くの高層ビル群、付近のオレンジ色の瓦屋根の家々、公園などが見下ろせ、空中に浮かんでいるような気持ちになる。

その後、二人は、近くにある候補物件をさらに二つ見たあと、昼食に行くことにした。

「堀川さん、なにが食べたいですか？」

唐さんが堀川を見上げるようにして訊いた。

虹橋地区には食べ物屋がたくさんある。中でも仙霞路は、上海の新宿歌舞伎町といわれ、居酒屋、焼き鳥屋、寿司屋、ラーメン屋など、日本人向けの食べ物屋が集まっている。

「いや、なんでもいいけど」

「じゃあ、ワンタン屋に行きましょう」

（えっ、ワンタン屋？）

ワンタンというと麺の上に載っている具で、主食として食べるイメージがなかったので、堀川は意外な気がした。

唐さんが案内したのは、新しいショッピングモールの地下にあるワンタン屋だった。カフェとフードコートの中間のようなモダンなデザインの店である。奥のほうにあるオープンキッチンは白いタイル張りで、明るい照明の中で、白い厨房着にカーキ色の前掛け姿の従業員たちが働いていた。

店の手前のほうに注文を受け付けるデスクがあり、背後の壁にいろいろな種類の餡（あん）やスープの品書きの札が掛かっている。

「スープは上海ふうの醤油（しょうゆ）味、トムヤム・スープ、辛いスープ、餡は、エビ、豚肉、牛肉、ホタテ、タケノコなんかがありますけど、どうしますか？」

（へーえ、今の中国には、こんなに多くの種類のスープや具があるのか！）

「じゃあ、醤油スープにエビで」

唐さんはうなずき、てきぱきと中国語で注文をする。

席で待っていると、どんぶりに入ったワンタンが運ばれてきた。肉厚の皮で、刻み野菜、エビ、豚のひき肉などを包んだ大ぶりのワンタン七、八個がラーメンスープのような醤油ベースのスープの中に浸かっていた。

（なるほど、これだけ食べれば腹はふくれるなあ）

堀川は納得しながら本場のワンタンを味わう。

周囲のテーブルの客のほとんどは、二十代、三十代の若者たちだ。虹橋地区のオフィスワーカーらしく、身なりはこざっぱりとしている。

（中国の人たちも、こういう服装をするようになったんだなあ）

国が急速に発展しているのを実感させる光景だ。

「ところで唐さん……」

目の前でどんぶりに顔を突っ込むようにしてワンタンを食べている唐さんに話しかけた。

「えっ？」

唐さんがワンタンを食べながら目を上げた。

（うおっ……！）

堀川は思わず身を引きそうになる。

唐さんの両目が吊り上がっていて、餌を貪る野犬か餓鬼のような凄みのある顔になっていた。

（うーん、やっぱり中国人の食に対する執念は凄いな！）

「どうしたんですか？」

「あ、いや、午後なんだけど、ちょっと久光デパートに寄ってみたいんだけど」

久光（ジウガン）デパート（久光百貨）は、去る六月に開業した上海屈指の大型百貨店だ。上海の銀座と呼ばれる南京西路（ナンジンシールー）にあり、香港のそごうを運営する利福國際グループと上海の九百グループの合弁だ。なお四年前に経営破綻したそごうは、西武百貨店グループによって再建が進められている。

「ああ、いいですよ」

唐さんは、再び黙々とワンタンを食べ始めた。


一年後（平成十七年）秋——

日本に一時帰国した堀川は、田谷毅一、メガバンクの頭取、同行の神田支店長と一緒に、山梨県南部にある富士レイクサイドカントリー倶楽部でゴルフをした。

前日に、挨拶に本社を訪れたところ「明日、銀行と懇親ゴルフがあるから付き合え」と田谷に命じられた。

ティーグラウンドに立った田谷が、クラブを小さく振ってボールの位置を確認したあと、ヒュッとクラブを一閃させると、ピシーンという金属的な快音とともに、勢いよく白球がU字形に近い曲線を描き、フェアウェーのど真ん中へと飛んでいった。

「ナイスショット！」

コースは富士山北嶺の標高一〇〇〇メートルの場所に位置する名門ゴルフ場で、雄大な富士山を間近に見ながら、たっぷりのオゾンの中でプレーができる。

続いてメガバンクの頭取がティーグラウンドに立った。

半白の髪を七三分けにして、大きめのフレームの眼鏡をかけた頭取は、疲れているのか少し顔色がよくない。

硬いフォームでクラブを一閃すると、ボールは右方向へと飛んでいった。

「あー、こりゃあラフに入るなあ」

田谷が遠慮のない口調でいった。銀行融資が要らない無借金経営の上、頭取は十歳近く年下である。

頭取のボールは、コース脇の赤松の林の手前に落ちた。

「スイングのとき、身体がちょっとぶれてますな。なんならいいコーチを紹介しましょうか？」

田谷にいわれ、普段は雲上人のように扱われている頭取は内心の悔しさを堪え、苦笑いした。

その日、田谷はいつものように七十台のスコアで回り、他の三人を圧倒した。せっかちな性格のために、もの凄い速さで歩くので、三人はついて歩くのに息が切れそうだった。

リゾートホテルを思わせる二階建てのクラブハウスに引き揚げると、メガバンクの神田支店長が小走りでやってきた。オリエント・レディの取引店の支店長で、人懐こい性格なので、田谷に可愛がられていた。

「田谷社長、誠に申し訳ないんですが、頭取がどうも体調が悪いようで……わたくしども、今日はここで失礼させて頂けないかと思いまして」

長身の支店長は、いいづらそうにいった。

予定では、風呂のあと、早めの夕食をともにすることになっていた。

「ああ、そうですか。そりゃあ、仕方ないなあ。分かりました」

田谷がうなずくと、支店長は恐縮しながら去った。

「社長、風呂に入って帰りますか?」

堀川が訊いた。

「いや、ちょっとまだやり足りんな。これからニューオータニのジムに行こう。付き合え」

「えっ!? ……は、はい」

二人は田谷の社長専用車にゴルフ用具を積み込む。

黒塗りのトヨタ・クラウンマジェスタは、河口湖インターチェンジで中央自動車道に乗り、時速一〇〇キロメートル近い速度で東京へと向かった。

「上海では、苦戦してるようだな」

背後から夕陽が差してくる後部座席で、タバコをふかしながら田谷がいった。

村上ファンドとの抗争で白髪こそ増えたが、相変わらず目はぎらぎらしており、全身から脂ぎった雰囲気を発散していた。

「はい。中国人の好みは、よく分かりません」

堀川が、難しい顔で答えた。

昨年から今年にかけ、上海市長寧区の虹橋(ホンチャオ)地区にある遠東國際廣場の十八階にオフィスを借り、上海現地法人を設立した。陣容は堀川を含め、五人で、不動産屋の唐さんを月給五千元(約七万円)で引き抜いて秘書兼アシスタントにした。

早速、日本からオリエント・レディの商品を輸入して久光デパートなどで販売したが、毎回売れ残りの山ができた。

中国で、日本の婦人服は大量には売れないが、珍しさから一定の需要はある。しかし、百貨店などの売り場では、先行しているオンワード樫山やワールドが一番いい場所を押さえ、二番手の場所は東京スタイルで、オリエント・レディの商品は最初から不利な戦いを強いられた。

「向こうの人間は、デザインや色づかいが派手で、個性的な商品を好むわけじゃないのか？」

煙を吐きながら田谷が訊いた。

「必ずしもそういうわけじゃないようです。たとえば、上海のお金持ちの層は、ヨーロッパふうで、ゆるく着られて、かつ形が変わらない物を好むようです」

「ふむ、なるほど」

「ただ、一括りにはできなくて、外国人の目では、売れるものを見極めるのは不可能です。中国人の感覚じゃないと分かりません」

堀川は、唐さんに何度か「堀川さん、これとこれ、どっちが中国人好みか分かりますか？」と何種類かの服を対で見せられ、「それはこっちだろう」と自信を持って答えたが、ことごとく外れた。実際に売ってみると、唐さんのいったとおりの結果になった。

「じゃあ、現地で中国人好みのオリジナル商品を作って、売ったらどうだ」

「えっ!? しかし、デザイナーもパタンナーもおりませんし、サンプル・ルーム（試作室）もありませんから……」

「そんなのは現地で雇って、設備も整えたらいいじゃないか。多少の金は使ってもいいから」

「はあ」

「そのために商品開発ができるお前を中国にやったんだぞ」

他社の日系アパレル会社の駐在員はほとんどが営業の出身者で、元マーチャンダイザーは、堀川一人である。

「ところで、一つ頼みがあるんだがな」

田谷が話題を変えた。

「中国に買収できそうな、いいブランドがないか探してくれんか」

「どんなブランドですか？」

「なんでもいいよ。うちの商品とテイストが全然違っててもかまわん。将来性があって、売値が妥当ならそれでいい」

すでにオリエント・レディはいくつかのブランドを買収していたが、田谷は「君臨すれど、統治せず」で、各ブランドに自由に経営させていた。

「日本は低成長の時代で、消費者の財布の紐が堅くなった。その上、ユニクロみたいなカジュアル衣料まで出てきた」

国内勢だけでなく、スペインの世界的カジュアルウェア大手のZARAは、八年前にBIGIと合弁で日本に進出し、現在、東京、札幌、名古屋など、十数ヶ店を展開している。スウェーデン発祥のH&M（エイチ・アンド・エム　ヘネス・アンド・マウリッツ）や米国のフォーエバー21も、数年以内に日本に店舗を構えると見られている。

「もう単独で生き残っていけるのは、ワールドとオンワードくらいだろう」

バブル崩壊後、アパレル業界は、価格競争、百貨店の不振、人々の嗜好の多様化という大きな変化に直面し、極度の不振に喘いでいる。

かつては原価一万円の商品を定価四万五千円で売り、メーカーと百貨店が儲けを山分けしていたが、もはやそれは不可能だ。ユニクロや青山商事のような安い商品を大量販売するカテゴリーキラーが台頭し、さらに海外のファストファッションが上陸したためだ。高くてもいい服を着るため、四畳半のアパートに住み、銭湯に通って、カップラーメンをすっていた若者たちも、携帯電話やゲーム、食事、趣味に金を使うようになり、服はファストファッションやアウトレットの商品、人によってはインターネット・オークションの古着で間に合わせるようになった。

「型数や色数ばっかり増えて、商品は一度ばら撒いたら終わりだし、利益も上がらん」

平成の初めには十五兆円程度あった国内の衣料品市場が十一兆円前後まで縮小する一方で、供給（商品点数）は約二十億点から倍の四十億点近くになった。

業界の中でも特に百貨店との取引に重点を置いてきたオリエント・レディは、百貨店の地盤沈下による打撃が大きく、千数百億円もある現預金を利用した財テクで業績をなんとか補っている。

「愚直に良い商品を作っているだけでは、淘汰されてしまう時代だな……」

田谷の脳裏を、創業者で前社長の故・池田定六の愚直一筋の顔がよぎる。当時は、厳しい池田によく叱られたことは別として、田谷にとってもいい時代だった。

「やはりM&Aで、成長を維持していくしかないのかもしれん。……村上（世彰）のいっていたことも、一理あったな」

田谷の言葉に堀川はうなずく。

オリエント・レディの株価が下がっているため、村上ファンドは持ち株を処分できず、会社とのつばぜり合いが続いていた。田谷が取締役会の議決を経ずにマイカル債などに投資して会社に損害を与えたとして、損害賠償請求の訴えを起こし、最近、田谷が一億円を会社に支払うことで和解した。村上はそのほか、ニッポン放送、大阪証券取引所、西武鉄道、三共（現・第一三共）、阪神電鉄などの株を大量取得し、株主提案で経営陣を揺さぶったり、極秘に経営権の取得を試みたり、ＴＯＢ（株式公開買付）を仕掛けたりして、大立ち回りを演じている。ファンドのパフォーマンスも急上昇し、運用資産は四千四百億円に膨れ上がった。

「ところで社長……ちょっと声が、かすれていませんか？」

堀川は、昨日、会ったときから、田谷の声が妙なかすれ方をしているように感じていた。

「ああ、飲みすぎか、カラオケの歌いすぎだろう。そのうち治るよ」

田谷は宴席で、石原裕次郎、杉良太郎、五木ひろしなどの歌をよく歌う。そういう席では、社内の人間だろうが社外の人間であろうが、田谷が歌いそうな歌を歌うのはご法度で、総務部長の鹿谷保夫などが、出席者の選曲に目を光らせ、誰かが田谷の持ち歌をリクエストしたりすると、血相を変えて飛んできて叱りつけ、取り消した。

その日、約二時間かけて車で東京に戻ると、田谷は堀川を引き連れて、紀尾井町のホテルニューオータニの会員制スポーツクラブに行き、一時間あまり汗を流した。田谷の身体は七十一歳と思えないほど柔らかく、両足を百八十度開脚し、上半身をぴたりと床につけるので、堀川は魂消（たまげ）た。その後、「これがないと、ビールが美味くないからな」といってサウナに入り、水風呂に浸かってから、四谷の行きつけの寿司屋に飲みに行った。店には山梨県産のワインが一升瓶で揃っている。田谷が店に着いたときに料理ができていないと癇癪（かんしゃく）を起こすので、堀川は事前に電話し、好物の「マグロの漬け丼」をすぐ出せるように頼んだ。

同じ頃——

愛知県一宮市にある古川毛織工業を、東西実業の佐伯洋平に案内された四人のフランス人が訪れていた。六十四歳になった佐伯は執行役員を退任し、現在はアパレル本部の参与として、海外の有力メーカーの窓口役などを務めている。

「……セ・マニフィーク！ ジュブ・ヴレマン・ユティリゼ・スティシュ・ブー・ファブリケ・レヴェスト・ブー・ファム（これは素晴らしい！ レディースのジャケットに是非使いたいね）」

木造の本社二階にある会議室兼サンプル・ルームで、テーブルの上に拡げられた紺色の生地を手に、中年のフランス人男性が目を輝かせた。幅一四八センチ・長さ五〇メートルで、ロール状に巻かれていた。

鋸形屋根の工場からは、いつものようにガッシャン、ガッシャン、カッシャン、カッシャンという騒音が聞こえてくる。

「古川さん、これ、レディースのジャケットに使ってみたいそうですよ」

体重一〇〇キロの身体を高級スーツに包んだ佐伯が、かたわらの古川裕太にいった。

三十代後半の裕太は、古川毛織工業の三代目で、京都工芸繊維大学を出て、大阪のアパレル商社でサラリーマンをしたあと、十年ほど前に入社し、今は専務を務めている。

会社の業績がじり貧だったので、廃業が常に脳裏にあったが、自分たちにはこれしかないと、父親とともにションヘル織機で高品質のウール地を生産することに賭けた。

「えっ、これをレディースに使うんですか？」

華奢(きやしや)な身体つきで、祖父や父親と同じように実直で優しそうな雰囲気を漂わせた裕太は驚く。

「これ、でも、メートルあたり五五〇グラムありますから、かなり重たいですよ」

婦人物で使うことはまったく想定していない生地だ。

「白人の女の人は結構筋肉質で、力がありますから」

佐伯が笑った。

「向こうでは、柔らかい生地はイタリアで手に入りますからね。ヨーロッパのメーカーがほしいのは、かっちりしたハードな物なんです」

「へーえ、そうなんですか」

「外国に限らず、ここんところ品質のいい物に回帰する動きが出てきましたね。早善さんなんかも、結構、引き合いがあるっていってますよ」

早善織物は、同じく一宮市にある老舗の親機だ。

「早善さんは、バブル期に業界がこぞって設備投資に走ったのを見て、危険だと判断して、工場を処分したのが賢明でしたね。うちなんかは、焦げ付きで首が回らなくて、設備投資どころじゃなかっただけですけど」

早善織物は、製造はすべて外注する設備を持たない親機になった。

「ところで、栃尾（とちお）の鈴倉（インダストリー）さんが、相当厳しい状況らしいですよ」

佐伯がいった。

「えっ、あの一人勝ちの鈴倉さんがですか!?」

「五年前に鈴木七郎さんに代わって、創業者の鈴木倉市郎さんの孫が社長になったんですが、その前後から、染色加工設備の増強とか、自家発電システムの導入とか、数億円単位の設備投資をがんがんやったそうです。そこへもってきて、品質がよくなってきた中国製品にアジアでのシェアを食われて、ダブルパンチのようです」

鈴木倉市郎の孫は、慶應義塾大学と米国の大学を出て、昭和五十五年に婦人服大手の東京スタイルに入社して、高野義雄社長の下で修業をし、三年後に鈴倉織物に転じた。海外営業、企画室部長、経理部長兼務などを経て、平成元年に三十代半ばで常務に就任した。

「バブル末期の過剰設備投資は、業界を問わず、致命傷の原因ですね」

佐伯の言葉に、古川がうなずいた。

そばで、男女それぞれ二人のフランス人が、感心した表情で、生地を吟味したり、話し合ったりしていた。

「ムッシュー・フルカワ、セタン・トレボン・プロデュイ。ドゥ・ノジュー、イル・ニヤパ・ダントルプリズ・オンユーロップ・キ・ファブリク・ドゥラレンヌ・ティセーアラマン（古川さん、いい製品ですね。もうヨーロッパで、こんなに手をかけてウールを織ってる会社はありません）」

四人のリーダー格と思しい、金髪のフランス人女性がにっこりしていった。

「フェゾン・アルマンシェ（是非、お取引きしましょう）」

パリが匂い立つような華やいだ雰囲気を漂わせた四人は、クリスチャン・ディオールのバイヤーたちだった。

十月二十五日――

明るい朝日が、大阪市北区中之島五丁目の土佐堀川（とさぼりがわ）沿いに建つ、住友病院に降り注いでいた。

住友グループの財団法人が運営している四百九十九床の総合病院で、地上十五階・地下一階の円弧形の白亜のビルは、あたりを払うかのように威風堂々としている。

去る六月の株主総会で、三井住友FG社長と同銀行頭取を辞任した西川善文は、最上階の特別病室の一つで、朝食を終えたところだった。

カーペットやソファーは明るいグレー、壁は淡いピンクの落ち着いた内装の個室で、ミニキッチンが付いている。

西川は十月半ばにステージⅡの大腸がんの手術を受け、あと一週間ほどで退院の予定である。

術後の経過は順調で、竹中平蔵総務相兼郵政民営化担当相の意を受けたウシオ電機会長、牛尾治朗から、「早く退院して、郵政民営化の陣頭指揮をとってくれ」と再三の要請が入っていた。

病室のドアがノックされた。

「失礼いたします。食器を下げに参りました」

配膳車を押して、制服姿の女性職員が入ってきた。

「ああ、ご苦労さん」

ちょうど食事を終えた西川は、古武士のような威厳のある顔に笑みを浮かべ、礼をいった。

女性職員が、食器の載ったトレーを片づけて去ると、ベッドから降り、ガウンを羽織って、床から天井近くまである大きな窓のレースのカーテンを引いた。

部屋は南向きで、眼下に、朝日に包まれた土佐堀川と心斎橋や難波方面の大阪の街がパノラマとなって現れた。

西川は窓際のソファーにすわり、コーヒーテーブルの上に置かれていた日経新聞を開く。

紙面には、アラン・グリーンスパン米国FRB（連邦準備制度理事会）議長の後任に、ベン・バーナンキが指名されることや、サダム・フセイン政権崩壊後のイラクで、新憲法草案をめぐる国民投票が行われているといった記事が載っていた。

TBSの株式の一五・四六パーセントを取得し、経営統合を申し入れている楽天の三木谷浩史社長は、TBSの買収防衛策を牽制したという。阪神電鉄株の二六・六七パーセントを買い占め、阪神タイガースの上場を提案している村上世彰に対し、京都出身でタイガース・ファンの永守重信日本電産社長が「タイガースを金に換えようとは、とんでもない話」と批判したことも報じられていた。

（村上は、どうもやりすぎだな……）

愛嬌と可愛げがある村上世彰は嫌いではなかったが、運命に翳りが出てきているような気がした。

イトーヨーカ堂の伊藤雅俊名誉会長が、「こんなことを続けていると、日本で生きていけなくなるぞ！」と村上を叱ったという話も耳にした。

企業面を開き、見出しの一つに視線をやったとき、思わず「ほーう」と声を漏らした。

〈レナウンダーバンHD　カレイド、筆頭株主に〉

五段の記事は、業績不振にあえぐレナウンが、独立系投資会社のカレイド・ホールディングスから、第三者割当増資で百億円を調達するという内容だった。

レナウンは三井住友銀行がメインバンクで、西川は頭取時代に「レナウンは絶対につぶすな」と行内に指示し、銀行から副社長を派遣したり、同期でもトップクラスの行員を複数人出向させ、再建計画の策定などにあたらせた。

第三者割当増資で、カレイドはレナウンの二一・六三パーセントを握る筆頭株主になるという。

（カレイドの川島か……）

カレイド・ホールディングスを率いるのは、日本興業銀行出身の川島隆明だ。興銀証券の執行役員を経て、三年前に投資ファンドを設立し、企業再生ファンドの草分けといわれている。配管機材メーカーのベネックス（現・ベンカン）、衣料品メーカーの福助、自動車管理業務の大新東といった企業の再生を手がけ、成功していた。

（だが、川島といえど、レナウンは一筋縄ではいかんだろうな）

かつてアパレル業界の「王者」と自他ともに認めたレナウンは、バブル崩壊後、平成三年から十二期連続で営業赤字を計上し、不振に喘いでいる。『ワンサカ娘』のＣＭで一世を風靡し、昭和四十四年に発売したアーノルドパーマーで戦後最大のヒットを飛ばしたが、その後はこれといったブランドを生み出せていない。バブル真っ最中の昭和六十一年に営業利益が五年前の百八億円から二十億円に落ちたが、パーマーの遺産の内部留保による財テクで毎年五十億円を超える営業外収益があったため、危機感は生まれなかった。

バブル末期に約百九十億円を投じて英国のアクアスキュータムを買収したが、すべての年齢層が買う三陽商会のバーバリーと違って、主に五十代以上の層にしか売れなかった。千葉県習志野市茜浜に二百五十億円をかけて建設した大型物流センターも重荷になった。

昨年は、比較的業績がよい子会社のダーバン（東証一部）と経営統合し、レナウンダーバンホールディングスとなって一息つき、一時は八百円台まで落ちた株価も千二百円前後まで戻したが、リストラに次ぐリストラという茨の道は続いている。

同じ頃――

オリエント・レディの上海現地法人総経理（社長）堀川利幸は、日本企業が多い長寧区虹橋路付近にあるミシンメーカーの事務所を訪れ、先方の総経理と面談していた。

「……つまり、上海で試作品を作るために、工業用ミシンがご入用ということですね？」

窓から付近の公園が見える会議室で、ミシンメーカーの総経理がいった。四十代半ばの日本人で、以前は北京に駐在していたという。

一九九〇年代に入って、縫製加工業が急速に発展する中国には、ＪＵＫＩやブラザー工業をはじめとする日本のミシンメーカーが進出し、全土で販売活動を展開している。

「やっぱり日本の婦人服を中国に持ってきても、そのままでは受け入れられないんですよ。だから現地の人のテイストに合った製品を作ろうと思ってるんです」

会議用のテーブルを挟んで向き合った堀川はいった。

「やっぱりこっちの人の好みは、日本人と違うんでしょうねえ」

「そうなんです。この一年間、日本から商品を持ってきて売ってみたんですが、これがことごとく売れ残りの山で……」

業界人らしく洗練された印象の顔をしかめる。

「しかし、日本のアパレル・メーカーさんで、デザインから中国で製品を作っている会社は、ないんじゃないんですか？」

「そうです。初めての試みです」

田谷のアドバイスにしたがって、中国市場へのアプローチ方法を根本的に変えることにした。

日本で数々のヒット商品を生み出したマーチャンダイザーとしての血もうずいていた。

「それで、どんなミシンを何台くらいご希望ですか？」

工業用ミシンは種類が多く、基本的な型だけでも四百くらいあり、そこから縫い幅などによって二千種類くらいにもなる。

「一本針と二本針の本縫い（真っすぐに縫う）ミシン、オーバーロックとインターロック（縁かがり縫い）、千鳥縫い、閂止め（縫い端のほつれ防止用ミシン）、ボタン付け用なんかで、全部で二十台くらいほしいんです」

工業用ミシンは、一台のミシンがいろいろな機能を備えている家庭用と違い、機能ごとに種類が分かれている。針の回転数は家庭用の数倍で、貫通力、ボディの剛性なども優れている。

「本縫いミシンですと、このあたりがお薦めですね」

ミシンメーカーの総経理が、カラー刷りで百ページほどのカタログを開いて差し出す。

家庭用ミシンに形が似ているが、より頑丈そうなものが数種類掲載されていた。

「中厚物用、厚物用、薄物用の三種類があって、ドライタイプ（油汚れ防止機能付き）、省エネ、静音設計、糸切り機構付きです。……工場用に出来高管理機能や稼働計測機能も付いてますが、まあこちらは試作品の製作には関係ないですかね」

堀川はうなずきながらカタログを見つめる。

「オーバーロックですと、一番新しいのはこのタイプです。セミドライヘッドです」

家庭用ミシンとはだいぶ形が違う、箱型で、ボディの側面にかがり幅などを調整する四個のノブが付いた白いミシンの写真が載っていた。

セミドライヘッドは、油の飛散を防止するための針の機構である。ミシンの機械油が飛散すると、シミ抜きや縫い直しが必要になるので、それを防止する機能は重要だ。

「千鳥縫いだと、今、縫いパターンを選択できるデジタル機能付きのものを出したところです。それから、ボタン付け用ミシンはこちらで……」

ミシンメーカーの総経理は、カタログに載っている該当製品を一通り説明する。

「……有難うございます。だいたいめぼしがつきました」

説明を聞き終え、堀川がいった。

「そうですか。販売はローカルの代理店に任せていますので、そちらと契約して頂くことになります。どれを何台というのをわたしにいって頂ければ、話はつないでおきますので」

相手の言葉に堀川はうなずく。

「ところでデザイナーさんとかパタンナーさんも雇われるんですか？」

湯飲みの茶を一口すすり、相手が訊いた。

「ええ。全部、現地で雇う予定で、今、スカウトの真っ最中です。丸縫いができる人間も二、三人採用しようと思ってます」

丸縫いは、一着すべてを一人の職人が縫うこと。

「へーえ、大変ですね！」

相手は半ば感心し、半ば驚いている表情。

「まあ、デザイナーとかパタンナーみたいな華やかな専門職は人気があるんでしょうけどねえ……。今、中国では、工場なんかは人集めが段々大変になってきて、沿岸部から内陸奥地に行く傾向がありますね。うちのお客さんは縫製工場なんで、年々奥地に行かなきゃならなくなってきて、こっちも大変です」

このミシンメーカーは、ユニクロとも親しく、同社の委託工場で縫製の指導やミシンのメンテナンスも行なっているという。

「やっぱり中国が豊かになって、労働者がいい待遇を求めるようになってるわけですか？」

少し冷めた茶をすすって堀川が訊いた。

「そうです。昔は、寮があって食事付きならいくらでも人が集まりましたけど、最近は八〇后(バーリンホウ)とか九〇后(ジューリンホウ)とかいう言葉も出てきて、うちの中国人スタッフでも『若い連中はなにを考えているのかよく分からない』とぼやいてます」

ミシンメーカーの総経理は苦笑した。

八〇后は一九八〇年代生まれ、九〇后は一九九〇年代生まれの若者のことだ。

「七、八年前だったら、大卒でも冷蔵庫を持っていなかったし、掃除機の使い方も知りませんでしたからね。工場の縫製の女の子なんか、洗面器みたいな器でご飯を食べてましたし」

「お酒の飲み方も変わったみたいですね。もっと飲むのかと思ってましたが」

「はい。昔は、中国服装協会がミシンを仕入れてて、宴会をやって一緒に大酒を飲むとずいぶん買ってもらえたんですが、最近は『今日は車できてるので、飲みません』とか」

二人は笑った。

2

翌年（平成十八年）六月——

堀川利幸を乗せたジェット旅客機が、一年四ヶ月前に開港したばかりの中部国際空港「セントレア」（愛知県常滑市）に着陸した。

中国でオリジナル製品を生産するにあたり、古川毛織工業をはじめとする尾州の生地メーカーに協力を依頼するために一時帰国をした。

生地の発注にあたっては、色やデザインはもとより、どんな種類の糸をどのように織り、どう整理加工するか（毛羽立たせ、毛焼き、洗浄、プレス加工等）を細かく指示しないと、思うような素材は手に入らない。

平成に入ってからのファッションのカジュアル化や中国製品の上陸で、尾州の生産規模や機屋（はたや）の数は最盛期の十分の一程度になった。しかし、生き残った企業は、海外の有名ブランドからも引き合いがあるような良質の生地を作り続けている。

（ん？　誰だ、あんな恰好をして？）

入国審査を通過し、荷物受け取りのホールに出ると、人気（ひとけ）のないターンテーブルのそばで、携帯電話で話している男が目に留まった。ブルーの野球帽を目深にかぶり、サングラスをかけ、人目を避けるように隅のほうでうつむいて話している。

（なんか犯罪者っぽいなあ……。それとも芸能人か？）

高級そうな紺色のジャンパーを着て、これまた高級そうな黒のボストンバッグを提げた小柄な男だった。

耳の大きな後ろ姿は、どこかで見たような気がする。

（あのジャンパー、どこの製品だったかな……？）

職業柄、つい服装に関心がいく。

堀川が、ターンテーブルで荷物を受け取ると、サングラスの男も電話を終え、ほぼ同時に到着ロビーに出た。

「あっ、いたぞ！　あそこだ！」

誰かが突然叫んだので、堀川はびくりとした。

「村上さーん、お話を聞かせて下さい！」

「地検に出頭するんですか⁉」

音声レコーダーやメモを握りしめた記者たちが、一斉にサングラスの小柄な男に群がって行った。

「ノーコメントだ！　この国にプライバシーはないのか⁉」

小柄な男が、甲高い声で叫んだ。

（あの男は……村上世彰か⁉　どうりで見たことがあるはずだ！）

四年前のプロキシーファイトのときは、堀川も田谷の命を受け、株主からの委任状獲得に奔走した。

両者の一歩も譲らぬ争いがメディアで大々的に報じられたおかげで、村上ファンドの知名度は飛躍的に高まり、巨額の投資資金を集め、ニッポン放送、住友倉庫、阪神電鉄、大阪証券取引所など、次々と株を買い占めていった。

しかし、去る一月十六日、ライブドア本社に東京地検特捜部の捜査が入り、社長の堀江貴文らが証券取引法違反などの疑いで逮捕されると、次は村上世彰だという噂が流れ、村上は逃げるように拠点をシンガポールに移した。

「勝手に写真を撮るなぁ！」

「警察を呼ぶぞ！」

先ほどまで村上が携帯電話で連絡を取っていたと思しい、二人の大柄な男が、村上を守るように左右を固める。

三人の男は騒然とするロビーを駆け抜け、テレビカメラや集音マイクを担いだ男たちが追いかける。

居合わせた人々が、驚いた表情でその様子を眺めていた。

「こらぁ、村上！　逃げるな！」

村上と二人の男は、空港ビルを飛び出すと、待機していた高級車に乗り込み、排気音とともに走り去った。


五日後――

千代田区九段南にあるオリエント・レディ本社の一室で、男たちが、会議用の大きなテーブルを囲んでいた。

社長室の大きな窓には白いブラインドが下ろされ、午後の日差しがその向こうで躍っていた。

ビルの西側には牛ケ淵(うしがふち)を挟んで皇居があり、東側は竹橋・神田方面に続くビジネス街である。靖国神社、大手町も徒歩圏内の地の利のよい場所だ。

「……リストの次にあります、中国の『S・TSUBAKI』ですが、こちらは御社の上海現地法人の堀川総経理からご紹介があったブランドです」

真っ白なワイシャツにストライプのネクタイを締めた、米系投資銀行のM&A部門のマネージング・ディレクター(部長級)がいった。

上海の堀川利幸は、中国市場の開拓をするかたわら、田谷の命を受け、買収対象になり得る有望ブランドの発掘も手がけている。

「そうか。堀川の探してきたブランドなら、筋はいいんだろうな」

マホガニーの天板の会議用テーブルの中央に君臨するようにすわった社長の田谷毅一がいった。

がっしりした身体を白いワイシャツで包み、全身から生気を発散している姿は、七十二歳とはとても思えない。白髪まじりの頭髪をオールバックにした赤ら顔の両目には、野心と闘争心が漂い、左手首では盤面に十個のダイヤモンドをはめ込んだロレックスのごつい金時計が贅沢な輝きを放っている。

「中国で台頭しつつある新富裕層をターゲットに、値段は高めに設定されていて、知名度もあります」

「なるほど……。これならいけるかもしれんな」

田谷は、手元の「S・TSUBAKI」の冊子を開き、じっと視線を落とす。

襟元が印象的にカッティングされ、紫や青を大胆に使ったプリント柄のカットソーを着た、ショートヘアの中国人女性モデルが振り返っている写真が掲載されていた。

「うちとDCブランドの中間みたいな感じか」

田谷はタバコをふかしながらページを繰り、他の写真に目をとおす。

オリエント・レディの製品は、三十代以上の女性が主な客層で、フォーマルな感じの婦人服である。これに対して、DCブランドは、お洒落好きな若者向けの個性あるブランドだ。

「『S・TSUBAKI』は、七年前に日本人女性が中国で立ち上げたブランドで、北京の国貿商城や王府井（ワンフーチン）の百貨大楼を中心に約三十店舗で展開しています」

米系投資銀行で中国を担当している男がいった。日本の大学を出て、日本語に堪能（たんのう）な中国人だ。

国貿商城はブランド商品専門店を集めた大型ショッピングモール、北京市百貨大楼は、市内随一の繁華街王府井にある名門デパートだ。

「買える可能性はあるのか？」

田谷がかすれた声で訊いた。

「オーナーの椿さんは、オリエント・レディさんとは相性がいいと考えています」

「ほう、そうか」

「今、オンワード（樫山）、伊藤忠、ニューヨーカー（ダイドーリミテッド子会社）、東京スタイルなど、十社くらいから声がかかっていますが、ものづくりが分かっているオリエント・レディさんとDNAが一番近いと考えておられるようです」

オリエント・レディの商品は、ファッション性は今一つだが、生地や縫製といった品質は折り紙付きだ。

「それでは、リストの次に参りまして……」

投資銀行のマネージング・ディレクターが買収候補先リストの説明を続ける。

「こちらの『ナノコスモス』ですが、純粋なブランドというより、セレクトショップとの混合で、キレイめカジュアルをコンセプトに、ターゲットを大学生から二十代前半に置いており……」

セレクトショップは、特定のブランドだけでなく、独自のコンセプトで選んだ商品を陳列・販売する小売店舗だ。

「ところで、村上はどうなった？　逮捕されたのか？」

田谷が唐突に訊いた。

オリエント・レディの株式を買い占め、田谷の寿命を十年縮めたといわれる村上ファンド代表の村上世彰がこの日逮捕されると、朝から新聞などで報じられていた。

村上ファンドは今も大量のオリエント・レディの株式を握っており、いつまた牙を剝いてこないとも限らない。田谷がM&A（ブランド買収）を積極的に進めているのは、内部留保の活用を促す村上側への配慮でもあった。

「はい、あのう、午前中、東証で記者会見して、ライブドアがニッポン放送株を大量取得するのを『聞いちゃったといわれれば、聞いちゃってるんですよね』と認めたので、インサイダー取引で逮捕されるのは間違いないと思います」

投資銀行の若手行員がいった。

「そんなことは、分かってんだよ！」

突然、田谷の隣にすわっていた、オールバックの壮年の男が怒鳴った。

三年前に取締役に取り立てられ、今は社長室長を務めている鹿谷保夫だった。

「社長はねえ、今、どうなってるのか、村上は逮捕されたのかどうなのか、お訊きなんですよ！」

鹿谷は、特徴に乏しい色白の顔を怒りでひきつらせる。

田谷に対しては徹底したイエスマンで、それ以外の人間に対しては虎の威を借るキツネである。

「すっ、すいません！　すぐに確認いたします！」

投資銀行の若手行員は慌てて携帯電話を手に、会議室の外に飛び出して行った。

「おい、テレビを点けてみろ」

田谷がいった。

「はっ」

鹿谷は、ばねで弾(はじ)かれたように立ち上がり、後方の大きな執務机の横のテレビを点け、画面を田谷のほうにうやうやしくねじる。

黒い画面がぱっと明るくなり、ニュース映像を映し出すとともに、男性アナウンサーの緊迫した声が耳に飛び込んできた。

「……ただ今、村上容疑者を乗せたワゴン車が、六本木ヒルズから出て参りました！」

銀色のワゴン車が六本木ヒルズの駐車場から出てくる様子が映し出された。

「おおっ、逮捕されたか！」

田谷が、いかつい顔をほころばせた。

「東京地検特捜部と証券取引等監視委員会の係官約四十人が、村上ファンドの捜索に入り、村上世彰容疑者が逮捕されました！　容疑は、証券取引法違反、インサイダー取引であります」

男性アナウンサーが叫ぶように中継していた。

大勢の警察官がワゴン車の通り道を規制し、カメラクルーや記者たちが撮影したり、取材メモを取ったりし、野次馬たちが遠巻きに見守り、上空では報道機関のヘリコプターが爆音を立てて旋回していた。

「今、ワゴン車に乗った村上容疑者が見えて参りました」

車が正面から大映しになり、運転手の肩ごしに、後部座席の村上の姿が見えた。周囲から激しくフラッシュが焚かれ、薄暗い車内で稲妻を浴びたように顔が白く浮かび上がる。

村上は、ぎょろりと両目を見開き、落ち着いてはいたが、さすがに緊張は隠せない様子である。

「ほう、東証の会見のときとは背広もネクタイも替えたな」

田谷がつぶやくようにいった。

背広は白いストライプの入ったグレーから高級感のある濃紺に、ネクタイは青の柄物から青と濃紺の柄物に替わっていた。

「逮捕を覚悟していたということでしょうか？」

鹿谷がいった。

「そうだろうな。いずれにしても結構なことだ」

田谷がにやりと嗤（わら）った。

「よし、今日のところはこれで終わりにして、祝杯といこう」

「はっ」

再び鹿谷が弾かれたように立ち上がり、部屋の外から一升瓶入りのワインと湯飲みを持ってきた。

山梨県で昔から栽培され、田谷が愛飲しているアジロンダックという黒ブドウで造った赤ワインだった。

「それでは、我らが仇敵の逮捕と、オリエント・レディの前途を祝して、乾杯！」

「乾杯！」

全員が立ち上がって湯飲みを掲げ、乾杯した。

盛大な拍手が湧き起こった。

「いやあ、今日は愉快な日だ」

田谷は、晴れ晴れとした笑顔を見せた。

しかし、手にした湯飲みのワインは一口舐めるように飲んだだけだった。

（おかしい……。今までは、ぐいぐい飲んでいたのに）

満面のお追従笑いを浮かべながら、鹿谷の脳裏で黒々とした疑念が渦を巻く。

以前は健啖家だった田谷の食がここのところ細っており、馴染みの「栄屋ミルクホール」でラーメンを食べて「いつもと味が違う！」と怒り出したこともあった。声も変にかすれていた。

鹿谷は恐る恐る健康診断を勧めたが、若い頃からスポーツ万能で健康に絶対の自信を持つ田谷は、まったく取り合わなかった。

（村上には勝ったが、果たしてこの先……）

オリエント・レディではすべての権限が社長の田谷に集中しており、後継者候補は皆無で、強固な財務基盤とは裏腹に、トランプのカードで建てた家のような有様だった。


同じ頃、オリエント・レディ上海現地法人総経理（社長）の堀川利幸は、広東省の広州市から車で一時間ほどの町にあるユニクロの委託工場を秘書兼アシスタントの唐さんと訪れた。中国でオリジナル商品を製造するため、縫製を委託する工場を探しているところだった。

眼前の光景は壮観だった。明るい蛍光灯の下に、工業用ミシンを備えた作業机が縦に二十五台並び、それが横に何列も広がり、まるでミシンの大海原のようだった。青い制服を着た男女の工員たちが一心不乱に紅色のフリースを縫っていて、室内が青と紅色の二色で染め上げられていた。

フリースを縫う工員たちの集中力は鬼気迫るものがある。各ミシン台の脇に、天井のバーから下がった移動式のハンガーにフリースが無数に下がっており、工員は席にすわったままフリースを引き寄せ、ミシン縫いができるようになっている。工場内は整理整頓がゆき届き、快適な空調が保たれ、作業効率を上げるためにＢＧＭが流れている。

ユニクロは、経営者の資質、生産規模、設備、技術、工員の熟練度、製品の品質、コストなど、約八十にわたる項目をチェックした上で、委託工場を決めるという。

「わたしたちがそばを歩いても、誰も気にも留めないでしょ？」

二人を案内する工場長の言葉を唐さんが通訳した。

「製品についたバーコードで各人の作業量を管理していて、それが給料に反映されるので、みんな必死ですよ。うちの工員は、地元の平均的な給料の四、五倍を稼いでいます」

工場長は、頭髪を短く刈った四十代の男性で、笑顔が明るく、しっかり者という感じの人物。ユニクロの委託工場になるにあたって、柳井正社長の面接を受け、よい製品を作る熱意や約束を守れるかなどの点を確かめられたという。

「この工場では、一アイテムを百万枚作ることができます」

「百万枚ですか……うーん」

堀川は思わず唸（うな）る。オリエント・レディの生産量とは0（ゼロ）が二つくらい違う。

工場長が、少し離れた一台のミシンのところで、身振りを交えて工員や工場の幹部と熱心に話している日本人らしき男性を指で示した。

「あちらの男性は、ユニクロからきている『匠（たくみ）』の方です」

白髪交じりで、六十代半ばくらいの男性だった。

「今、あのミシンの縫い目が少し波打ってるので、糸の張り具合や針の番手（種類）を調整しているところです」

ユニクロは六年前から、年輩の日本人技術者を「匠」としてスカウトし、六十ヶ所を超える中国の委託工場で技術指導にあたらせている。紡績、染色、縫製、工場運営などの専門家で、岐阜県、中国地方、宮崎県、東南アジアなどの繊維工場を退職後、第二の人生として「匠」になった人々が多い。契約は一年更新で、ユニクロの社員同様三ヶ月ごとに人事評価され、成果に応じて報酬が決められる。

「あの『匠』の方は、毎週、火曜から木曜まで工場にきて、指導してくれています」

「匠」は、ユニクロの上海事務所と広州事務所に十人くらいずついて、それぞれ華東経済圏と華南経済圏の工場を担当している。月曜日に列車などで工場のある町に赴き、金曜日に戻る。各「匠」には、二十五歳から三十五歳くらいの、日本語ができる中国人か、中国語ができる日本人がアシスタント兼通訳として同行する。

「唐さん、ラオシィーってなんのこと？」

堀川が訊いた。

工員や工場幹部が匠の男性をラオシィーと呼んでいた。

「『老師』です。あの日本人の方は、すごく尊敬されていますね。ミシンの音だけで、機械の好不調と原因が分かるそうです」

作業場を見終えると、二人は、フロアーの一角にある管理事務所に案内された。

十人ほどの中国人職員が、パソコンを前に、整々と働いていた。

「こちらのパソコンは、ネットワークでユニクロと繋がっていて、データを共有しています」

作業服姿の工場長が、パソコンに入力作業をしている女性職員の横に立っていった。

「ネットワークで、アイテムごとに、日本での売れ行きが、ほぼリアルタイムで把握できます。こちらで生産量を入力すれば、ユニクロのほうでそれを見られます」

情報をリアルタイムで共有し、増産や減産など、迅速で柔軟な生産管理をしているという。

「あちらの男性は？」

少し離れた場所に、書類を見ながら中国人職員と話している、スーツ姿の日本人らしい男性がいた。

「日本の商社の方です。出荷の打ち合わせをしているところですね」

ユニクロは、委託工場に対する生産管理や技術指導を徹底して行う一方、約八割の工場への原材料供給、製品買い付け、日本への輸出などを、三菱商事、丸紅、双日といった総合商社に任せている。商社の金融機能と国際物流機能を使うためだ。商社は、工場に原材料を供給し、支払いを九十日後に設定したりして、資金繰りを手助けしている。
また優良な工場の発掘、現地の政治経済情報の提供なども商社の仕事である。

夕方、堀川は広州のホテルに戻り、パソコンでネットの記事一覧を見た瞬間、思わず「おおっ！」と声を上げた。

村上世彰が、ニッポン放送の株式取得に関してインサイダー取引をした嫌疑で東京地検特捜部に逮捕されたというニュースがトップ記事になっていた。

（これで両者の抗争は、田谷毅一の完全勝利か……）

東京にいる同僚からは、田谷がお気に入りのアジロンダックで祝杯を挙げたというメールが入っていた。

夕食をとるため階下の中華レストランに降りて行くと、先ほど工場で見かけたユニクロの「匠」の六十代の男性が、若い中国人女性と楽しそうに食事をしていた。

「匠」の人々は、仕事で若い女性アシスタント兼通訳と食事や出張ができ、週末は上海や広州近辺でゴルフや観光もできるので、「第二の青春」をエンジョイしている人々が多い。

3

翌年（平成十九年）四月――

上海は暖かく、埃っぽい春を迎えていた。

「うーん、ついにか……！」

オリエント・レディ上海現地法人のデスクで、堀川利幸は、パソコンの画面を見つめ、重苦しいため息をついた。

〈合成繊維の県内最大手　鈴倉（長岡）が民事再生申請　負債27億〉

インターネットのニュースが、鈴倉インダストリーが破綻したことを報じていた。

昭和五十年代後半には千人近い従業員を抱え、ピークの平成九年には百十八億円あった年商が、中国製品の流入やアジア向け輸出の大幅減少で、約三十億円まで落ち込んでいた。それに加え、過剰設備投資が資金繰りを圧迫した。従業員三百四十人はいったん解雇し、支援先を探すという。

（戦前に始まった故・鈴木倉市郎の夢も、こんなふうに終わったか……）

長岡（旧・栃尾）に限らず、織物産地はどこも惨憺たる状況である。

「ガチャマン景気は、遥(はる)か昔の物語か……」

背後で声がした。

「ああ、塩崎さん。そろそろメシでも行きますか？」

堀川は、自分のパソコン画面を覗き込んでいた塩崎健夫を振り返って訊いた。

六十二歳になった塩崎は、常務取締役の任を昨年解かれた。現在は監査役で、上海現地法人の監査にやってきていた。

二人はオフィスを出て、エレベーターで地上に降り、通りを歩く。

オフィスは、上海市の中心部である静安区を東西に延びる威海路(ウェイハイルー)沿いに建つ二十三階建てのビルに引っ越していた。目の前は五つ星ホテルの四季酒店（フォーシーズンズホテル上海）である。

「上海っていうのは、豊かさと貧しさが入り交じった、不思議な雰囲気の町だなあ」

細身の身体をスーツで包んだ塩崎が、歩きながら独りごちるようにいった。監査役になり、以前ほどには張りつめた感じがなくなっていた。

「このあたりは、日本でいえば銀座ですね」

ブティック、レストラン、カフェなどが多く、身なりのよい人々やお洒落な若者たちが通りを行き交っている。一方で、汚れたジャンパーに作業ズボン姿の民工(みんこう)（農村からの出稼ぎ労働者）たちの姿もあり、高層ビルの谷間にある昔ながらの食べ物屋では、庶民が怒鳴り合うような大声で話しながら食事をかき込んでいる。

「商売は順調そうだな」

「はい、おかげさまで。売れたらすぐ作る、売れたらすぐ作るで、軌道に乗ってきました」

堀川は、中国人のデザイナーやパタンナーを雇い、各種のミシンなどを備えたサンプル・ルーム（試作室）も作り、現地で商品を開発し、販売していた。従業員数は二十数人にまで増えた。生産は、江蘇省などでしっかりした工場を見つけ、そこに委託している。

「まあ、お前が日本でやってたことだから、お手のもんだよな」

二人は通りを右に折れ、茂名北路（マオミンベイルー）に入る。

西欧ふうのクラシックな煉瓦造りの二階建てのアパートが倉庫街のように連なる通りで、街路樹はプラタナスである。

「ところで塩崎さん、社長は大丈夫なんですか？」

堀川は、昨年の暮れに田谷が三週間ほど都内の大学病院に入院したと聞いていた。

「うーん……」

塩崎は戸惑ったように唸（うな）る。

「声ももうだいぶかすれてますし」

「実はな……食道がんなんだ」

「えっ、そうなんですか!?　治療はしてるんですか？」

「放射線だけはやったらしい。だけど動脈に近い場所に腫瘍があって、手術はできないそうなんだ」

「そうなんですか……。本人には告知したんですか？」

塩崎は首を振った。

「もう手の施しようがないから、家族の判断で告知しないことにしたんだ」

その言葉に、堀川は暗い気分になる。甲賀雪彦の一件こそあったが、それ以降は自由にかつ問題もなく仕事をやらせてもらい、恨みはない。

「本人は、胃潰瘍（いかいよう）かなんかだと思って、相変わらず馬車馬のように働いてるよ。入院中も、病室から仕事の電話をかけて、夜は社員を呼んで報告させて、気に入らないとかすれ声で怒鳴りまくっていたそうだ。さすがにタバコは止めたけどな」

秋——
オリエント・レディ上海現地法人のサンプル・ルームで、アシスタントの唐さんが、堀川に詰め寄った。

「堀川さん、これどうするんですか!? こんなたくさんのダウンジャケット、絶対売れませんよ！」

室内に、本社から送られてきた段ボール箱が山のように積み上げられていた。

「うーん、そういわれてもなあ。社長の依頼なんだから、なんとかするしかないだろう」

先日、東京の田谷毅一から電話がかかってきて「ダウンジャケットを作りすぎた。五百枚でも千枚でもいいから引き取ってくれ」とかすれ声で依頼された。今年の日本の秋が暖かかったので、あまり売れていないという。

「だいたい中国人はダウンジャケット信用してないんですよ。安いアヒルの毛で作ってあるし、臭いし」

唐さんは、中国訛りの日本語で抗議する。

ダウンジャケット用の羽毛には、高級なガチョウと安いアヒルの毛があり、中国製は食用のアヒルから毟(むし)った低級な羽毛を使っているものが多い。しかもきちんと洗浄していないので、薬品系の刺激臭やアヒルの脂の臭いがする。

「だけどこれは日本製だからさ。中国人の所得も上がって、高級志向が強まってるし、そろそろダウンジャケットに流行りがきてもいい頃だと思うんだよ」

堀川は中国にきて三年になり、売れ筋の予想がある程度つくようになっていた。

翌年（平成二十年）一月中旬――

「噢哟（オヨーツ）、哪能介冷（ナーネンガーラーン）！（うわーっ、なんでこんなに寒いの！）」

朝、オリエント・レディのダウンジャケットを着た唐さんが頬を真っ赤にして出勤してきた。

中国は、一月十日頃から大きなドーム状の寒気に覆われ、上海市、貴州、湖南、湖北、安徽（あんき）各省など中南部で、低温と降雪が続いていた。上海では気温が例年より数度低く、明け方はしばしば氷点下になっている。

「おーい、唐さん」

堀川が、室内後方の総経理のデスクから立ち上がって、呼んだ。

「ダウンジャケット、あと三千着作るよう、工場にいってくれないか？」

「えっ、あと三千着も作るんですか!?」

黒いダウンジャケットを着たままの唐さんは、驚いた顔になった。

「こないだ日本に注文したばっかりじゃないですか!?」

堀川のデスクに歩み寄って、いった。

寒気の影響で、ダウンジャケットが飛ぶように売れており、先日、東京の田谷毅一に電話して、日本の売れ残りをすべて送ってくれるよう頼んだばかりだった。

「いや、でもの凄く売れてるからさ。この分じゃ足りなくなるよ」

「うーん、そうですか……分かりました」

唐さんは自分のデスクに戻り、ダウンジャケットの製造を委託している蘇州の工場に電話をかける。

「堀川さん、一月末になるって工場長がいってます」

受話器を手に、唐さんがいった。

「一月末じゃ駄目だよ。二十五日まで待つから、それまでに作れっていってよ」

「分かりました」

唐さんは再び受話器を耳にあて、交渉を始める。


一月の終わり――

オフィスの窓の外では、六日連続の雪が降っていた。

堀川は唐さんと会社の会議室でテレビを見ていた。

中国語のニュース番組で、女性アナウンサーが天気予報を読み上げていた。

「……在上海市（ザイシャンハイシー）、将持续（ジアンジーシュー）建国以来（ジエングオイーライ）最强的降雪（ズイチアンダジアンシュエ）、据（ジュー）中央气象台（ジョンヤンチーシアンタイ）的（ダ）天气预报（ティエンチーユーバオ）……

（……上海市では、建国以来の大雪が続いていますが、中央気象台の予報によりますと……）」

アナウンサーの言葉を唐さんが熱心にメモする。

一月十日頃から中国に襲いかかった大寒波は、五十年に一度という未曽有の雪害をもたらす事態に発展していた。

家屋倒壊などで六十人以上が死亡し、一月二十九日には貴州省の高速道路の路面凍結で、バスが四〇メートルの崖から転落し、二十五人が犠牲になった。送電線の切断や鉄塔の倒壊が相次ぎ、道路・鉄道・航空などすべての交通網が混乱している。電力用の石炭の輸送が滞り、全国的な電力不足も起きている。オフィスの暖房は弱めにされ、ライトアップされた華やかな夜景で有名な外灘（バンド）の歴史的西洋建築物も真っ暗闇の中にある。広州市の日産自動車の合弁工場、同トヨタの合弁工場、天津市にあるトヨタの工場などは、部品と完成車の輸送ができず、生産を一部ないしは全面停止した。食料も不足し、白菜の値段は七割、豚肉の値段は五割上昇した。中国政府は、胡錦濤（こきんとう）国家主席や温家宝（おんかほう）首相が陣頭に立ち、軍人など延べ七百七十五万人を動員して、全力で復旧にあたっている。

「……以上是今天的天气预报（イーシャンシージンティエンダティエンチーユーバオ）（……以上で、天気予報を終わります）」

テレビの女性アナウンサーがいった。

「どうだって？」

堀川が唐さんに訊いた。

「今の寒波は二月四日頃まで続いて、そのあと一休みして、二月十日頃からまた一ヶ月くらい大雪が続くっていってます」

唐さんがメモを見ながらいった。

「えっ、一ヶ月も!? ほんと?」

「中央気象台の予報は、あんまり当たりませんからね。でも二週間くらいは続くんじゃないでしょうか」

「うーん、そうか……」

堀川は考え込む。

「春節(旧正月)の休みっていつからだっけ?」

「二月六日が大晦日(おおみそか)で、そこから一週間です」

「今年は、みんなどうするかね?」

通常、春節の時期には、全国的な帰省ラッシュが起きる。

「いやあ、こんな雪ですから、家にいるしかないですよ」

「家にいて、なにするの?」

「買い物ですね。デパートに行くと思います」

「やっぱり、そうか! よし、ダウンジャケット五千枚、追加発注しよう!」

翌年（平成二十一年）十一月――

大正三年創業の尾州最大手の織物業者、いわなか（旧・岩仲毛織、本社・岐阜県輪之内町）が東京地裁に民事再生法の適用を申請して破綻した。同社の元会長・岩田仲雄は、日本毛織物等工業組合連合会の理事長を務め、ピーク時には工場だけで二百人の従業員を抱え、七十六億円の売上げがあった。しかし、バブル末期前後のエアジェット織機やレピア織機への過剰設備投資や、敷地約五万平米の新工場建設（総工費二十億円）が重荷となり、平成のデフレ下での売上減を持ちこたえられなかった。尾州地域の盟主という自負が災いし、リストラ着手が遅れたことも痛手となり、ここ数年、取引先や金融機関の支援で再建を目指したが、叶わなかった。

尾州では、バブル末期の平成元年に二億平米（整理済みベース）あった生地の生産量が、その二割程度にまで落ち込んだ。一方で、中国で生産しにくいツイード（紡毛織物）など、高級品に対する国内外からの注文が堅調に入るようになっていた。

同じ頃――

東西実業の佐伯洋平は、大阪市内にあるバッタ屋の倉庫で、段ボール箱を次々と開け、持ち込まれた衣料品を検めていた。

庶民と労働者の街、西成区を東西に延びる片側二車線の長橋通りから少し南の住宅街の一角にある倉庫だった。付近一帯は市営住宅が多く、ほぼすべてが老朽化している。

工場裏手の古い木造家屋が建ち並ぶ路地では、不動産屋の社員が再開発の調査に歩き回っていた。

大きな二階建ての倉庫は、灰色の波板トタン壁で、窓にはワイヤー入りの曇りガラスがはめ込まれている。壁の高い位置には、安全と衛生を象徴する大きな緑十字（りょくじゅうじ）と安全第一と書かれた看板が掲げられており、昔は鉄工所かなにかだったようだ。

倉庫の搬出入口に、段ボール箱を満載したトラックが次々とやってきて、荷物を積み下ろししていた。

「納品お願いしまーす！」
「それ十箱ずつあっちに積んで」
「ちゃんと個数確認してな」

手ぬぐいで頭をおおい、Tシャツに短パン姿の作業員たちが忙しく働き、書類を挟んだバインダーを手にした検品係が飛び回り、運び込まれる段ボール箱の個数や中身をチェックしている。

倉庫内は所狭しと段ボール箱が積み上げられ、さながら段ボール箱の洪水だ。

「……うちの扱っているブランドはないようですね」

一緒に商品のチェックにやってきた東西実業大阪支社アパレル部の三十代の男性社員

がいった。

「そうだな。まあ、よかったね」

ワイシャツにネクタイ姿の佐伯がいった。

「こんなバッタ屋に商品が流れて、ディスカウントショップなんかで叩き売られたりしたら、ブランド価値毀損で契約解消もんだからな」

佐伯たちは、最近、アパレル業界の不振で大量の在庫がバッタ屋に流れているという情報を聞きつけ、調べにやってきた。

「それにしても国内外のメーカーの製品が相当流れ込んでますねえ」

男性社員が周囲の段ボール箱に視線をやってため息をついた。

「日本のアパレル・メーカーは売上げを作るのに必死だから、返品を承知で過剰生産をしてるんだよな」

「もう末期的症状ですね」

積み上げられた段ボール箱の中身は、ほとんどがジーンズ、スカート、ワンピース、スーツ、セーター、ニット製品といった衣料品だ。アパレル・メーカーの過剰生産、売上げ不振、店舗の大量閉店などにともなって、行き場を失った商品がバッタ屋に流れ込む。それら商品はブランド名のタグを外され、バッタ屋の直営店舗やディスカウントショップで叩き売られる。

「さすがにDCブランドとかKANSAIクリエーションみたいに、ブランド管理をしっかりやってる会社のものは少ないですね」

相手の言葉に佐伯がうなずく。

「それにしても、これには呆れるよな」

佐伯が二枚のドレスを三十代の社員に見せた。

まったく違うタイプのドレスだったが、オリエント・レディの「ブルー・クリスタル」というブランドのタグが付けられていた。売れ残り品に別のブランドのタグを付け、売ろうとしたようだ。

「もう無茶苦茶ですね」

「オリエント・レディはブランドの会社じゃなくて、営業の会社だからなあ。しかも、田谷社長は、ごまかせるものはごまかす性格だから」

同じ頃——

休暇で日本に一時帰国した堀川利幸は、表参道の喫茶店でコーヒーを飲みながら、新聞に目をとおしていた。

（……湊谷さん、相変わらず元気そうだなあ）

経済面に、渋谷に本店がある大手百貨店が、婦人服飾フロアーに「ウォーキング」

「ランニング」「トレッキング」の三つのゾーンで構成する、女性のためのパーソナル・スポーツ売り場を作ったという記事が出ていた。トレッキングゾーンには、シューズの坂でのフィット感を確かめるための「試履用傾斜床」や、アクセサリー感覚で持ち歩ける水を販売する「ウォーターバー」を設けたという。

同百貨店の社長は、伊勢丹新宿店で「鬼の湊谷」と異名をとった辣腕バイヤー、湊谷哲郎だ。伊勢丹で専務まで務めたあと、昨年、同百貨店に転じた。今年のお中元時期には、バイヤーたちが厳選した贈答品で構成する「バイヤーズセレクション」という特集を組み、元バイヤーらしい販売促進策を打ち出した。

(もう、あれから三十年か……)

オリエント・レディのコート生産中止に怒った湊谷が部下を思いきり蹴飛ばした場面や、「それやるから、春物、立ち上げろ」といって、印鑑だけを捺した白地の注文伝票を一冊くれた場面が懐かしく思い出された。

新聞を読み終わると、勘定をして、喫茶店を出た。

表参道は、秋の日差しが降り注ぎ、相変わらずたくさんの歩行者でにぎわっていた。

欅並木の下にはいつものように、ファッション誌のカメラマンに撮ってもらおうと、目いっぱいお洒落をした若い女の子や男の子が佇んでいる。

(青春してるなあ)

堀川は微笑し、彼らを眺める。

明るい日差しの中を歩いて、甲賀雪彦のブティックまで足を伸ばしてみた。

オリエント・レディと契約を解消したあと、甲賀は百貨店の大丸などと提携して高級婦人服プレタポルテの企画・製造販売を行なったが、あまり上手くいかず、業界での存在感も徐々に失った。やはり大手アパレル・メーカー、オリエント・レディの商品企画力と販売力は甲賀にとって大きく、契約解消は両者にとって、ウィンウィンならぬルーズルーズの結果になった。

かつては活気に満ちていた甲賀のブティックも、どこか火の消えたような雰囲気だった。

店内に入ってみたが、甲賀や妻の姿はなかった。

二十年前の売上げのごまかしが、会社の上層部の命令であることは甲賀側も十分承知していると知っていたが、さすがにその後、会うことはできなかった。

堀川は、懐かしさと寂しさで胸をいっぱいにし、黙ってスカーフを一枚買って、店を出た。

第十章　兵どもが夢の跡

1

翌年（平成二十二年）五月——

ユニクロのグローバル旗艦店、上海南京西路店が華やかにオープンして間もない、ある日の夕方、オリエント・レディ社長の田谷毅一は、ニューヨークの婦人服ブランドの米国人女性デザイナー二人に社内を案内し、執行役員兼チーフ・デザイナーの女性に引き継いだ。

「おい、帰るぞ」

田谷は、社長室と同じ七階に机を構えている二人の監査役に声をかけ、鞄を取りに社長室に入っていった。

監査役たちが帰り支度を始めて間もなく、社長室のブザーが鳴った。

元営業担当常務で、四年前に監査役になった塩崎健夫が怪訝な表情で社長室に向かう。ノックをして重厚なマホガニーのドアを開けると、大きなデスクにすわった田谷が顔を歪め、苦しげな表情をしていた。

「社長、大丈夫ですか⁉」

「う、うむ、大丈夫だ。ちょっとトイレに行ってくる」

田谷は青ざめた顔で立ち上がり、ふらつく足取りで社長室を出て、役員用のトイレに向かった。

「うごおおーっ！」

田谷がトイレに行ってすぐ、絶叫とも呻き声ともつかぬ咆哮（ほうこう）が聞こえてきた。

「おい、やばいぞ！」

次の瞬間、トイレのほうからドカーンという重量のある物体が落下したような音が聞こえてきた。

「しゃ、社長！」

トイレのドアを開けた塩崎の顔が恐怖で凍り付いた。

洗面台が血で真っ赤に染まり、床に田谷が意識を失って転がっていた。左手首には、ロレックスの金時計が蛇のように絡み付き、血に染まったガラスの下の文字盤で針が規則正しく時を刻んでいた。

数日後（五月二十四日）――

アパレル業界に別の衝撃が走った。

かつて自他ともに業界の盟主と認めたレナウンが、中国企業に買収されることになったのだ。

この日、レナウンの北畑稔社長が、都内のホテルで中国山東省の民間大手繊維メーカー、山東如意科技集団の邱亜夫董事長（会長）と記者会見を開き、七月に、山東如意社を引き受け先として四十億円の第三者割当増資を行うと発表した。これにより、山東如意社はレナウンの株式の四一パーセントを握る筆頭株主になり、同社を傘下に収める。

五年前にレナウンの筆頭株主となったカレイド・ホールディングスは、アクアスキュータムへのテコ入れを中心に業績を立て直そうとしたが失敗に終わり、すでに株式を手放していた。

2

二年後（平成二十四年）の五月下旬――

ミャンマー最大の都市、ヤンゴンは雨季を迎えるところで、灼け付くような陽光が照り付け、気温は三十五度を超えていた。熱と湿気がこもった空気の中で残飯の臭いと人の体臭が混じり合い、火焔樹(かえんじゅ)やブーゲンビリアが朱色や濃いピンクの花を咲かせていた。道端の屋台ではクーン（噛みタバコ）や食べ物が売られ、自動車で混み合う道路や、洗濯物が満艦飾で干された古い大型アパートの風景が、急速に発展する国の粗削りなエネルギーを発散していた。

東西実業の佐伯洋平は、ヤンゴン郊外の工業団地にいた。

広々とした敷地の中に高圧鉄塔が点々と建ち、物資運搬用の道路や水路、緑地帯が縦横に延び、あちらこちらに亜鉛メッキ鋼板の大きな工場が建てられ、各工場のゲート付近の掲揚塔では、黄色、緑、赤の横縞の上に白い一つ星のミャンマーの国旗や、進出企業の国旗が熱風の中で翻(ひるがえ)っている。

「……しかし、この暑さ、参りますねえ」

佐伯の隣に立った東西実業のアパレル担当執行役員が顔をしかめ、流れ落ちる顔や首筋の汗をハンカチで拭った。

「この炎天下に、全員スーツ着用って、もう狂気の沙汰じゃないですか」

佐伯より十歳ほど年下の執行役員が着た夏用のスーツの背中も脇も、汗でぐっしょりだった。

「オリエント・レディさんだからなあ」

体重一〇〇キロの巨体を、夏用のスーツで包んだ佐伯も、全身汗びっしょりだった。二十万円のスーツは、白い塩を噴き始めていて、二度と着られなくなりそうだ。

二百人程度を収容できる式典用の大きなテントの中には、オリエント・レディや建設会社の社員、地元の関係者、読経する赤茶色の僧衣の僧侶たちが集まり、来賓である工業大臣の到着を待っていた。肌の浅黒いミャンマーの人々は丸いカラーのワイシャツ姿で、女性たちはカラフルな民族衣装ロンジー（巻きスカート）をまとっている。

「……だいたいなんだ、この式次第は!?　鍬入れの順序がおかしいんじゃねえか!?　施主が先だろうが！」

少し離れた場所で、オリエント・レディ社長の鹿谷保夫が、オールバックの強面を引きつらせ、怒声を上げていた。

オリエント・レディの縫製工場の鍬入れ式であった。

約二万平米の敷地に二十億円を投じて、最新の縫製工場を作るというプロジェクトである。

「しかし、あの鹿谷って男、よくあんなんで社長になったもんですよねえ」

東西実業の執行役員が声を潜めていった。

「部下に書類や灰皿を投げつけたり、机を蹴飛ばしたり、東京の役員に携帯で電話して、十分以内に資料をヤンゴンのホテルにファックスしろって命じたり、もう完全な『切れキャラ』じゃないですか」

「田谷氏が死んだとき、後継者を指名していなかったんで、筆頭役員だった鹿谷氏が社長になったんだよな」

　佐伯が鹿谷のほうに視線を投げかけていった。

　二年前に、役員用トイレで吐血した田谷は、病院に運ばれたが、その日のうちに息を引き取った。食道がんが動脈に入り込み、動脈破裂を引き起こしたのだった。病気を告知されず、死ぬなどと考えていなかった田谷は、遺言も残していなかった。後継者の有力候補だった、山梨の高校の後輩の専務や塩崎は監査役に外されてしまっており、取締役に復帰するには株主総会を開くことが必要だった。そのため取締役の中で一番上の専務で経営統括本部長だった鹿谷を後任の代表取締役にするしかなかった。

「しかし、鹿谷氏になった途端、業績がガタ落ちですね」

　執行役員が顔や首筋の汗を拭きながらいった。

「彼は、もっぱら経営企画とか総務畑で、アパレル業のことは知らないからね」

　佐伯もハンカチで顔の汗を拭う。

「わけの分からないM&Aとか、工場建設をばんばんやって、田谷時代に貯め込んだ現預金を湯水のように使ってますよね」

　田谷は「ミスター・アパレル」と異名をとるほどビジネスを熟知しており、被買収会社の成長性を見極めた上で、M&Aを行なっていた。しかし鹿谷は、投資銀行やブローカーが持ってくる案件リストを眺め、金額の大きいものから順番に買うという、まともでは考えられないことをやっている。

「実力がないから、田谷氏の強面を真似てみたり、派手なM&Aをやって、自分を大きく見せようとしてるんだろう」

離れた場所で鹿谷が相変わらず社員を怒鳴りつけていた。

「……おい、ところでこのプロジェクトで、東西実業の役割ってなんなんだ？　総合商社なんて、このプロジェクトに要るんか？」

それを聞いて、佐伯らは啞然（あぜん）となった。

オリエント・レディに依頼されて、東西実業がこの工業団地の場所を見つけ、オーナーや建設会社や設備の納入会社と交渉して工場を建設し、稼働のあかつきには、原材料の供給や、製品の輸出なども取り仕切る、いわば東西実業が丸抱えしているプロジェクトだった。

九月二十七日――

記録的な猛暑の夏がすぎ去った東京は、薄曇りで適度に風があり、すごしやすい日だった。

午前九時すぎ、上京してきた海猫百貨店の烏丸薫と藤岡真人は、地下鉄丸ノ内線を新宿三丁目駅で降りた。

「うわ、こんなとっから行列ができてる!」

改札口を出た烏丸は、目の前の長蛇の列に驚いた。

「やっぱり、すごい話題になってますねえ」

藤岡も感心した表情でため息をつく。

ユニクロと家電量販店ビックカメラの共同店舗「ビックロ」の開店日だった。

ユニクロ会長兼社長の柳井正は「グローバル旗艦店というような恰好いいものではなく、もっとべたっと商売をする『グローバル繁盛店』にしたい」と語り、にぎやかな宣伝活動を展開した。新宿駅内外に夥しい広告を出し、山手線の一部電車を「ビックロ号」にし、都内の「ちんどん屋」を総動員して練り歩かせた。

行列した人の数は約四千人に達し、予定を十五分繰り上げ、店は九時四十五分に開店した。

「百貨店の衰退と、カテゴリーキラーの興隆の象徴だわね……」

行列の流れとともに地上に出た烏丸が、若干の悔しさを滲ませ、ビックロの店舗を見上げる。

異彩を放つ窓のない白い箱型のビルは、地上八階・地下三階で、売場総面積は約二万二〇〇〇平米。敷地は、昭和四年の開店以来、去る三月まで、八十三年間にわたって三越新宿店（最後の一年弱は新宿三越アルコット店）があった場所だ。

〽　東京新宿新名所　とんでもない店できちゃった
ビックカメラとユニクロで　ビーック、ビック、ビック、ビックロロロ
不思議な不思議な新名所　家電もあれば服もある
ビックカメラとユニクロで　ビーック、ビック、ビック、ビックロロロ

豊富な商品が陳列された店内には、お馴染みのビックカメラのコマーシャル・ソングが、ビックロ用にアレンジされて流れていた。

ユニクロの店舗は、一〜三階の約四〇〇〇平米である。新宿通り側のメインエントランスを入ると、丸い陳列棚があり、カラフルなシャツ類が展示され、デジカメやスマートフォンを持ったマネキンが出迎える。陳列テーマは「素晴らしいゴチャゴチャ感」で、黄色と赤の派手な看板がいたるところにあり、「安くてビックリ!!　ビックロ価格!!」「ここまでやります!!　限定価格!!　1990円」「早いもの勝ち!!」といったビックカメラふうの宣伝文句が躍っている。

「商品のほとんどが特売価格ですねえ」

ごった返す店内で、値札を見ながら藤岡がいった。

「ここにくれば、旬の商品が最安値で買えますって印象づける作戦だわね」

赤いメタルフレームの眼鏡の烏丸がいった。

「ああ、ここだけ三越が残ってるわ」

フロアーの端にある階段のところまできて烏丸が感に堪えぬ口調でいった。

「ほんとですねえ。兵どもが夢の跡、って感じですね」

使い古された大理石のタイル張りの階段と、やはり大理石の薄茶色のタイル張りのどっしりとした手すりと壁が、かつての三越の豪華な店舗を偲ばせた。

バブル崩壊以降、百貨店はじり貧状態が続いている。カテゴリーキラーや郊外型ショッピングモール、アウトレット、アマゾンやZOZOTOWNなどの通販サイトにシェアを奪われ、バブル末期前後の平成三年には百貨店全体で十二兆千六百四十八億円あった売上げが、昨年(平成二十三年)はほぼ半分の六兆七千二百三十一億円まで減った。利益率が高く、売上げのほぼ半分(平成三年五〇・一パーセント、同二十三年四六・七パーセント)を占める衣料品の不振も拍車をかけた。

単独で生き残ることが難しくなり、平成十五年にそごうと西武百貨店が統合し、ミレニアムリテイリングが発足したが、三年後にセブン&アイ・ホールディングスの傘下に入った。平成十九年には、大丸と松坂屋が統合し、J・フロントリテイリングが発足、同年、阪急百貨店と阪神百貨店が経営統合し、エイチ・ツー・オーリテイリングが発足、翌年、三越と伊勢丹が経営統合し、三越伊勢丹ホールディングスが発足した。こうした経営統合にともなって、大規模な希望退職者募集や店舗の統廃合が行われた。

　しかし、昭和三十年代からバブル崩壊までの黄金時代、委託販売の上にあぐらをかき、品揃えも販売員もアパレル・メーカーに依存し、場所貸しだけで濡れ手に粟（あわ）の利益を上げてきた体質を変えるのは容易ではなく、抜本的な経営改善策は打ち出せていない。


翌月——

　かつてオリエント・レディの技術顧問を務めた菅野美幸は、ブルガリアの世界遺産、リラの僧院を訪れていた。

　首都ソフィアからハイウェーや山道を走って、約一一七キロメートル南、リラ山の標高一一四七メートルの地点に位置し、ブルガリア正教会の総本山とも呼ぶべき修道院である。三〜五階建ての、ややいびつなひし形の城壁のような外陣の内側に、修道士たちの居室、教会、時計塔などが配置されている。

「……このフレスコ画、目が眩（くら）みそうねえ」

　メインの建物である聖母誕生教会の外側の回廊の壁と天井一面に描かれた極彩色のフレスコ画を見上げて、菅野が感嘆の声を漏らした。

銀色の五つのドームを頂いた教会を南側と西側から囲む、列柱に支えられたオープンエアーの回廊は、新・旧約聖書を題材にした色鮮やかなフレスコ画によって彩られていた。

「中に入ってみましょう」

日本人のツアーガイドの女性がいい、二人は西側の出入り口から教会内部に入った。

高い天井の教会内部は、金の輪形シャンデリア、金の装飾、金の燭台、キリスト、聖母マリア、聖人などを描いた極彩色のイコンやフレスコ画で、絢爛豪華に装飾されていた。

修道士たちの歌声が流れる中、人々が蠟燭や若葉の付いた木の枝を手に、順番に礼拝をしていた。厳かで敬虔だが、庶民的な雰囲気もある光景だ。

時おり歌声は途切れ、祈りの声に変わった。修道士たちは黒衣をまとい、黒い髭をたくわえている。

「菅野さん、お疲れじゃないですか？」

教会内部を見たあと、石畳の中庭を歩き、修道士たちが起居する四階建ての建物の回廊のベンチに並んですわったガイドの女性が訊いた。

「おかげさまで。ゆうべ、ゆっくり寝たのでね」

菅野はにっこり微笑んだ。

米国仕込みの立体裁断とグレーディングで、日本の婦人服業界に革命をもたらした菅野は、池田定六の死を機に、オリエント・レディを退社した。その後は、名古屋のアパレル・メーカーや東京のアパレル・メーカー、馬里邑で技術指導を行なったりした。六十五歳から始めた趣味の乗馬は、八十八歳まで続け、今も健康維持のために毎日歩いている。海外旅行も、かつて暮らした米国やヨーロッパなどへ、年に一、二度出かけている。

明るい秋の日が降り注ぎ、僧院の外陣の彼方に高い山が見えていた。菅野は、あれがリラ山脈最高峰のムサラ山（標高二九二五メートル）かしら、と思う。

ソフィア市内より気温は数度低く、冬の寒さは相当なものだと思われる。

「ところで、菅野さんは、オリエント・レディっていう日本の婦人服メーカーをご存じですか？」

五十代のガイドの女性がふいに訊いた。

「えっ!?　……ええ、よく知っていますけど」

菅野は、自分の素性は話さずに答える。

「そうですか。実はわたしは山梨の出身で、日本にいた頃、サントリーの白州（ウイスキー）の工場で働いたことがあるんです。そこの制服が、オリエント・レディのものでした。確か、前の社長さんも山梨出身だったって聞いたことがあります」

サントリーの白州蒸留所は、山梨県北杜市白州町に昭和四十八年に開設された。田谷毅一の郷里の村からは四〇キロメートルほどの距離である。

オリエント・レディの製品は華やかさは今一つだが、縫製がしっかりしていて、機能性にもすぐれ、作業着の分野で高い評価を得ている。

「ええ、そうらしいわね」

田谷毅一は毀誉褒貶が激しく、複雑な性格の男だったが、萱野にとっては力を合わせて市場を開拓した同志で、武骨な甲州弁が懐かしく思い出された。

「その会社がどうかしたの?」

「今朝、ソフィアを出るとき、スマホでニュースを見てたら、合併するっていう記事が出てたんです」

「えっ、合併!? どこと?」

萱野は驚いた。

「確か、KANSAIクリエーションっていう会社だったと思います」

「KANSAIクリエーション……本当に!?」

オリエント・レディとKANSAIクリエーションが、六ヶ月後を目途に経営統合すると発表したことは、関係者にとって大きな驚きだった。第一に社風が両極端である。オリエント・レディは、社長が絶対の軍隊流統制で、営業マンは地味なスーツにワイシャツ・ネクタイ姿、仕事中の私語は一切禁止で、長時間の残業は当たり前。それに対して、KANSAIクリエーションは、〝ファッション野郎〟の集団で、各ブランド長が大きな権限を持ち、営業マンはノーネクタイで、茶髪・金髪も珍しくなく、残業はしない。第二に、オリエント・レディは、自社工場を持つものづくりの会社で、ターゲット層はミセス、販路は百貨店が八割。KANSAIクリエーションは、工場を持たず、製造は商社などに委託、ブランド・マネジメントや宣伝が得意で、ターゲット層は若い女性、販路は百貨店、駅ビル、ショッピングモールと幅広い。

元々、田谷毅一と、KANSAIクリエーションの三代目経営者、北浦勝子、徳重（旧姓・北浦）礼子姉妹は、業界の重鎮同士として付き合いがあり、場合によっては、将来の提携も考えようという話が出たこともあった。そこに、業績低迷に悩み、田谷を超える実績を残したいと渇望している鹿谷保夫が「業界の大先輩に教えを請いに参りました」と辞を低くしてアプローチし、それがきっかけで経営統合へと話が進んだ。

両社は持ち株会社「オリエントKANSAIホールディングス」を設立する。かつて田谷が「ぽっと出」と馬鹿にしたKANSAIクリエーションは、八年前に東証一部上場企業になっていた。年商は約一千億円で、「売上げより利益」を目指してきたオリエント・レディの倍である。

新会社の年商は約千五百億円で、百貨店アパレル（百貨店との取引を軸足とするアパレル・メーカー）としては、ワールド、オンワードホールディングスに次ぐ第三位になる。持ち株会社の取締役は両社がそれぞれ四人の役員を出し、社長には鹿谷、会長には北浦勝子、それ以外の取締役に、徳重礼子、鹿谷と同期のオリエント・レディの営業担当専務執行役員、上海駐在で執行役員の堀川利幸らが就任した。

経営統合は、市場や縫製工場が重複しないという点はよいが、一足す一が二になるだけで、そもそも水と油の社風の両社が上手くやっていけるのかという疑念をもって迎えられた。

発表の翌日、東京株式市場では、KANSAIクリエーションがストップ高となる九百七十六円、オリエント・レディが二十三円安の六百二十八円で取引を終えた。昨年七十億円の赤字を出し、元々財務体質がぜい弱なKANSAIクリエーションを、強固な自己資本のオリエント・レディが支援する恰好になると捉えられたためだった。

3

翌年（平成二十五年）夏——

オリエントKANSAIホールディングスの社長、鹿谷保夫は、千代田区紀尾井町にあるホテルニューオータニの記者会見場で、集まった人々をいつもの強面で見回していた。

「えー、本日は、皆さまに二つの大きなお知らせがあります」

純白のクロスがかかったテーブルについた鹿谷は、マイクを前に話し始める。

会場には、数十人の新聞や雑誌の記者のほか、テレビ局のカメラクルーも何組かきていた。鹿谷に命じられ、広報担当の社員たちが駆けずり回って集めたのだった。今をときめくユニクロやZOZOTOWNならいざ知らず、業績が低迷し続ける百貨店アパレルに興味を持つメディアは少ない。

「第一点ですが、我が社は、今般、バングラデシュに約二十億円を投じ、縫製工場を造ることを決定しました」

鹿谷は、ぐいっと顔を突き出すようにして、記者たちを見回す。

「ご存じのとおり、中国における人件費の上昇にともない、新たな生産拠点をアセアン諸国に求める動きが産業界の趨勢となっております。我が社はこうした動きを先取りし、昨年、ミャンマーの縫製工場建設に着手いたしました。バングラデシュ工場は、それに続くもので……」

鹿谷は、時おり用意したメモに視線を落としながら話す。いつも怒鳴っているので、声は大きい。

「続きまして、二点目の発表でありますが……」

鹿谷はもったいをつけるように一呼吸置いた。

「我が社は、イギリスの婦人服ブランド『ブレンダ・プライス』を総額約百十五億円で買収することに基本合意いたしました」

会場から、おおっ、というどよめきが起こり、カメラのフラッシュが次々に焚かれた。

ブレンダ・プライスは、正統派の英国トラッドで、セレブリティにも愛好者は多い。

「当社は、従来より有力海外ブランドと提携し、商品を開発して参りました。今般、世界的なブランドを買収することで、ファッション業界における当社のステータスも強固になるものと考えております」

オールバックの色白の顔が、いつにない高揚感で上気していた。

その日の午後――

大阪の街には強い夏の日差しが降り注ぎ、木々の梢（こずえ）ではクマゼミがシャワシャワシャワとやかましく鳴き続けていた。

御堂筋（みどうすじ）にあるKANSAIクリエーションの社長室のソファーで、社長の北浦勝子と副社長の徳重（旧姓・北浦）礼子が話をしていた。

二人は前会長、北浦修造の長女と次女である。

「……ほんま、えらいことになってんな」

痩せぎすで、父親譲りの鋭い眼光をした勝子がいった。

地元の高校を卒業後、東京の服飾デザイン専門学校で学んだ元デザイナーで、年齢は五十代半ばである。

手にした資料は、オリエント・レディの過去半年の業績で、四十億円の営業赤字を出していた。一方、ＫＡＮＳＡＩクリエーションのほうは、同時期に七億円の黒字だった。

「現預金が、田谷のときの半分の七百億まで減ってますからね」

妹の礼子がいった。

姉よりはふっくらした顔立ちで、税理士資格を持ち、外資系金融機関勤務の経験がある。

「鹿谷がアホみたいに金使(つこ)うて、工場建設や買収を繰り返してるせいや」

勝子が苛立ちもあらわにいった。

二つの会社は、ホールディングカンパニーの下で、別々に経営を行なっているため、互いの経営には口出しできない。

「三億ぐらいで済むミャンマーやバングラデシュの工場に二十億もかけるわ、イギリスの流行遅れのブランドを百十五億で買おうとするわ、もう見てられへんな」

「ブレンダ・プライスなんて野暮ったいブランド、日本で売れるわけあれへん。あんなん買うんは、イギリスの田舎もんだけやで」

勝子が吐き捨てるようにいった。

それら以外にも、鹿谷は統合発表の前後から、渋谷のセレクトショップ、港区の婦人服ブランドなど、四社を次々と買収していた。

「鹿谷は、なんもできひん上に、部下に対しては傍若無人で、社内が混乱してるて聞きますわ。こないだも書類の書体や字の大きさが気に食わへんゆうて、部下に電話を投げつけたらしいですよ」

「ほんま……!? そんなんやあかんて、いっぺんやんわりゆうたんやけどな」

　ＫＡＮＳＡＩクリエーションは元々ファッション好きの社員が集まっており、売上げさえできていれば、自由にやってよいという企業文化だ。軍隊式の統制やパワハラとは無縁で、オリエント・レディのような会社と一緒になるのは嫌だといって、辞めていった社員も少なくない。

「鹿谷は、ファッション・ビジネスを分かってへんから、ブランドの統廃合もなんも進みませんわ」

　ＫＡＮＳＡＩクリエーションはブランド管理に厳しく、飛躍のきっかけになった「ジョリュー」でも、採算が悪くなったときに廃止した。

「どっちにしろ、このままやと、すぐに、キャッシュ底つきまっせ」

「あの男が経営統合を匂わせてきたときは、現預金がネギ背負ってきたと思ったんやけどなあ。下手したら、共倒れやで」

「バングラの工場建設や、ブレンダ・プライスの買収は、まだＬＯＩ（基本合意書）の段階ですから、引き返せますよ」

「せやな、早いとこ手ぇ打っとこ。そのために取締役会を四対四にしたんやから」


二週間後——

上海から一時帰国した堀川利幸は、千代田区九段南にあるオリエント・レディ本社の会議室で開かれた、オリエントＫＡＮＳＡＩホールディングスの定時取締役会に出席した。

空調がよく効いた室内の窓には白いブラインドが下ろされ、観葉植物の緑が潤いを与えている。

マホガニーの艶やかな天板の長テーブルに、八人の取締役が着席し、少し離れたテーブルに、弁護士や企画・総務部門の社員たち五人が控えていた。

「……それでは、開催条件を充足しましたので、ただ今から、定例の取締役会を開催いたします」

テーブルの中央にすわった鹿谷がいつもの調子でいった。

「動議を提出いたします」

隣にすわった会長の北浦勝子が間髪を容れずにいった。

「議案は代表取締役解職の件です」

（えっ、代表取締役解職の件!? クーデターか!?）

堀川は驚いた。

「鹿谷保夫氏の、代表取締役解職を提案いたします」

北浦は、手にしたメモを淡々と読み上げる。

「えっ!? ちょっと、ちょっと……」

鹿谷は、北浦に話しかけようとするが、狼狽のあまり言葉が出ない。

「本議案について採決しますので、当事者である鹿谷氏はご退席下さい」

北浦は、鹿谷に目もくれない。

「いや、ちょっと……えっ、なにこれ?」

鹿谷は茫然とした顔つき。

長年田谷のイエスマンをやってきただけなので、想定外の事態に立ち向かう反射神経や胆力はない。

「ご退席をお願いします」

KANSAIクリエーション側の弁護士が鹿谷に歩み寄って促す。素早く、迷いがない行動で、念入りに打ち合わせとリハーサルを繰り返した模様である。

鹿谷は、青ざめた顔で立ち上がり、ドアから出て行く。

「それでは、本件につき採決したいと存じます」

（やられた……！）

　堀川らはほぞを嚙んだ。

　鹿谷がいなくなれば、取締役会は、KANSAIクリエーション側が四人、オリエント・レディ側は三人になる。北浦らが、対等の精神の象徴だとして、四対四の構成を提案した取締役数には、罠が仕掛けられていた。

「鹿谷氏の代表取締役解職に賛成の方は、挙手をお願いします」

　北浦の言葉に応じて、KANSAIクリエーション側の三人の取締役が手を挙げた。

　さらにオリエント・レディの社外取締役も兼務する前ルミネ会長も手を挙げた。元国鉄常務理事で、日本交通公社（現・JTB）の副会長を経てルミネの第二代社長になり、ユナイテッドアローズをテナントに呼び込んで、経営を立て直した人物だ。鹿谷の経営能力に懸念を抱き、事前に北浦から話を聞き、賛成に回ったようだ。

「本議案は、賛成五票で可決されました」

　水を打ったように静まり返った室内に、北浦勝子のしわがれ声が響き渡った。


　その日、オリエント・レディの若い広報部員が社内放送で「ただ今、鹿谷社長が解任されました。皆さん、もうネクタイをとっていいんです！」と興奮して伝えると、おーっという歓声と嵐のような拍手が湧き起こり、男性社員たちはネクタイを外した。KAN

SAIクリエーションとの交流が生まれたことで、社員たちもファッション・ビジネスとはああいうものだと考えるようになっていた。

オリエントKANSAIホールディングスの社長は、会長の北浦勝子が兼務し、社内の大改革が始まった。バングラデシュの工場建設とブレンダ・プライスの買収は取りやめ、ミャンマーの縫製工場は岐阜の縫製メーカーに売却することになった。鹿谷がやった買収案件も、見込みのないものは中止ないしは転売することになった。

鹿谷はオリエントKANSAIホールディングスとオリエント・レディの取締役も辞任させられ、会社とは一切無関係になった。鹿谷と同期のオリエント・レディの営業担当専務も会社を去り、グループの経営権は完全にKANSAIクリエーションが掌握した。

間もなく北浦・徳重姉妹は、スタンフォード大学のMBAで、外資系企業を渡り歩いてきた人物を社長に据え、新社長は、不採算店の閉鎖、都心の高収益店舗への資金と人材の投入、不採算ブランドの統廃合、ネット通販の強化、経営の合理化など、大ナタをふるい始めた。

エピローグ

平成二十七年三月下旬――

札幌は、冬から春に移る季節だった。一週間ほど前から降雪が止み、朝方の気温が氷点を上回り、コート姿の人々が道行く通りは、解けた雪と氷でシャーベット状になっていた。

大通公園の近くにある海猫百貨店の事務所で、烏丸薫と藤岡真人が話し合いをしていた。

二人ともそれぞれ六十四歳と六十一歳で、すでに定年を迎えたが、再雇用で相変わらず婦人服部門の仕事をしている。

「うーん、これねえ……」

バックヤードにある雑然とした事務所の打ち合わせ用の小さなテーブルで、烏丸が鉛筆の消しゴム部分で頬をつつきながら、商品カタログを睨んでいた。

「なんか、売れなさそうな気がするんですけど」

歳のわりには若作りの藤岡がいった。

「わたしもそう思うわ。似たようなデザインだけど、なんか安っぽいし、色合いも中途半端だし」

二人が見ていたのは、三陽商会の新ブランド「マッキントッシュロンドン」のカタログだった。

四十五年間にわたってバーバリーのライセンス契約を保持していた三陽商会は、今年六月に契約を失う。バーバリーがラグジュアリー・ブランドとしての地位と収益を強化するため、自社で販売することにしたからだ。売上げの二割強をバーバリーに依存していた三陽商会は、それに代わるものとして、英国のマッキントッシュリミテッドと契約し、同社のブランド商品を七月から販売することになった。

「お客さんは、バーバリーの名前と、ホースマークと、上品なベージュの色調が気に入って買ってたんだと思うのよね」

「ですよね」

「それが全部なくなって、しかも同じような値段だったら、買うわけないべさ」

三陽商会は、「バーバリー・ブルーレーベル」に代わって「ブルーレーベル・クレストブリッジ」（女性向け）、「バーバリー・ブラックレーベル」に代わって「ブラックレーベル・クレストブリッジ」（男性向け）も発売予定だが、やはり「似て非なるもの」

という感じは拭えない。

「とりあえず仕入れは、見合わせますか?」

「うん、そうしたほうがいいっしょ。……しかし、三陽さんも苦しいわねえ」

バーバリー以外のブランドを育てられなかった三陽商会は、二年前に、全従業員の二割弱にあたる二百七十人の希望退職を実施し、有利子負債の削減も進めている。

「アーノルドパーマーも、最近はドン・キホーテで中国人旅行者が買い漁るようなブランドになっちゃいましたしねえ」

「オンワードみたいに、儲かっていようがいまいが、とにかくブランドを作り続けるっていう執念がないとねえ」

「レナウンはもっと厳しいですけど」

平成十七年頃は二千円台だったレナウンの株価は、ここ数年百円と二百円の間を行ったりきたりしており、中国企業の傘下に入ったあとも、業績改善の兆しは見えない。リーマンショック前は千七百五十六億円あった売上げは、直近では七百二十二億円と半分以下になった。

昭和の時代、レナウン、オンワード(樫山)、ワールド、イトキン、三陽商会などが上位を占めていたアパレル業界の勢力図は様変わりで、直近の決算の売上げ上位五社は、次のとおりである。

①ファーストリテイリング（ユニクロ）　一兆三千八百二十九億円
②しまむら　五千百十九億円
③ワールド　二千九百八十五億円
④オンワードホールディングス　二千八百十五億円
⑤青山商事　二千二百十七億円

同じ頃——

オリエントKANSAIホールディングスの執行役員で、上海の総代表を務めている堀川利幸は、上海市中心部から一八キロメートルほど西に行った場所にある展示会場、国家会展中心（National Exhibition and Convention Center）で開催中の国際テキスタイル展示会「Intertextile」を訪れていた。

建築総面積一四七万平米（東京ドームの約三十一倍）という巨大展示場の十六のホールに、世界じゅうのアパレル関連企業数千社がブースを出店していた。

各ホールはジャンボ機の格納庫のような広々とした空間で、高い天井から照明がふんだんに降り注ぎ、パーティションで仕切られた大小のブースがひしめいている。

香港のテキスタイル会社のブースは、毛皮ふうのウール地を陳列し、客がサンプルを鋏で切り取ってもらっている。絹製品を展示している中国企業のブースには、外国人バイヤーが大勢集まっている。毛織物やスーツを展示している一角は高級感が漂い、英国と香港の企業のブースが多い。中国各地からやってきた布地や人造毛皮のメーカーが集まった一角は安っぽい商品だらけで、漂う空気まで安っぽい。トルコ企業のブースは、メリヤス、綿製品、ワイシャツ、糸などを展示している。フランス、ドイツ、アルゼンチン、パキスタン、韓国の企業のブースもあり、イタリアのプリント機メーカーのブースでは、最新の大型プリント機で実演をやっていた。

黄色や紫のリボンで身分証を首から下げたスーツ姿の人々が行き交い、各国のバイヤーが丸テーブルでサンプルと電卓を前に買付交渉をし、立ち止まって携帯電話で話している人々もいる。

フロアーの中ほどの大きなスクリーンのそばでは、マイクを手にしたフランス人の男がランウェイの使い方を集まった二百人ほどの人々に説明し、それを中国人男性が通訳している。

「やあ、佐伯さんじゃないですか！」

堀川は、日本企業が集まっている一角にある東西実業のブースで、佐伯洋平に遇（あ）った。

「堀川さん、お元気ですか？」

大きな身体をワイドカラーのワイシャツと高級スーツで包み、磨き上げた茶色の革靴をはいた佐伯が笑顔で応じた。

清潔感のあるすっきりしたデザインのブースには、合繊、ウール、春夏物、秋冬物の布地が展示され、ダークスーツをぴしっと着込んだ男女の日本人社員が、来客の応対をしている。

「わたしは、相変わらず上海でやってます」

すらりとした身体にスーツをまとった堀川が微笑した。

「オリエントKANSAIさんで残っているオリエント・レディ出身の幹部は、もう堀川さんぐらいじゃないですか？」

「そうですね。もう経営は完全にKANSAIクリエーションが握ってますから」

「村上ファンドとの抗争に勝ったと思ったら、田谷社長が急死して、鹿谷氏が社長になった途端、業績が悪化して、あっという間に他社に乗っ取られるって、なんかすごいドラマですよね」

佐伯が苦笑した。

「田谷もいい時期に亡くなったのかもしれません」

堀川の胸中で感慨と皮肉が交錯する。

会社をゼロから東証一部上場企業にまで育て上げたのは池田定六だ。それを引き継いだ田谷は、新たな方向性を打ち出すことも、後継者を育てることもなく逝った。ものづくりに対する厳しさだけは守ったが、会社を私物化し、最後までブランドというものを理解できず、ごまかせるものはごまかすというやり方で、池田が積み上げた信用に泥を塗った。会社の形がまだあるうちに経営権が他社に移り、近代経営が導入されたのは不幸中の幸いだったのかもしれない。

「ところで佐伯さんは、今、どんな仕事をされてるんですか？」

「もっぱらユニクロさんに、中国やアジアの工場を橋渡ししています」

昭和三十九年に東西実業に入社した佐伯は、半世紀にわたる総合商社のアパレル・ビジネスの変遷を身をもって経験した。入社直後は中近東で生地の行商をしたあと、本社に戻って既製服メーカーへの生地の販売や生産受託を担当し、バブルの頃は海外のブランドを日本に輸入する「ブランド・ビジネス」で儲け、バブル崩壊後は主に日本のアパレル・メーカーの海外生産を受託する「プロダクション・ビジネス」に従事した。佐伯が入社の頃憧れた羊毛や綿花のバイヤーの仕事は姿を消し、現在は、プロダクション・ビジネスが八割を占める。

「ユニクロさんて、やっぱりすごいですか？」

「柳井さんが大きな目標を掲げて引っ張っていく人ですからね。スピード感とプレッシャーが半端じゃないですよ」

佐伯は苦笑した。

「こないだ店舗のVMD（ビジュアル・マーチャンダイジング）を担当している部長級の人と話したら、週末になると全国各地の店長やスーパーバイザーから三、四百通メールが入ってきて、それを月曜の朝の三時頃までかかって処理して、主要な問題点についてて自分の考えをしっかりまとめておかないと、月曜日の部長会議に耐えられないっていってました」

「なるほど。やっぱり並みの会社じゃないですね」

「まあ、あそこで何年か幹部として務まったら、筋金入りになるのは間違いないでしょう」

佐伯は苦笑した。

「最近は、世界的にサステイナビリティが重視されて、ユニクロさんの抜き打ち検査も入りますから、我々も、児童労働、労働環境、環境汚染なんかに注意して、事前に各工場を見て回ってます」

それから間もなく――

愛知県一宮市の古川毛織工業では、いつものようにションヘル織機のガッシャン、ガッシャン、カッシャン、カッシャンという規則正しい音が鳴り響いていた。

尾州の織物業者の多くが過剰設備投資などで破綻する中、身の丈をわきまえ、ものづくり一筋に打ち込むことで、新たな地平も見えてきていた。

「……そろそろニュースの時間だわ」

木造の本社二階にある会議室兼サンプル・ルームで、息子の裕太と午後のお茶を飲んでいた古川常雄がいった。八十歳を超えたが、今も元気に仕事を続けている。

作業服姿の裕太が、長テーブルから立ち上がり、リモコンで近くに置いてあるテレビのスイッチを入れた。

「……太平洋戦争の激戦地パラオに先ほど到着された天皇皇后両陛下は、大統領夫妻と懇談されるなど、早速行事に臨まれています」

民放の男性アナウンサーがよくとおる声でニュースを読み上げ、パラオ国際空港で出迎えの人々とにこやかに言葉を交わす両陛下が映し出された。戦後七十年の節目の慰霊の旅であった。

「おお、着て下さっとるがね！」

「そうですねえ！」

古川父子は、映像を見て、嬉しそうな声を上げた。

天皇陛下（現・上皇陛下）が着ている光沢のある鉄紺色のスーツの生地は、古川毛織工業で織り上げたものだった。

画面が変わり、赤い三角屋根の空港ビル前に若い女性キャスターが現れた。

「えー、午後四時すぎに到着した両陛下は、こちらの空港の建物の中で、レメンゲサウ大統領夫妻とともに、歓迎式典に臨まれました」

涼しげな白シャツ姿の女性キャスターがいい、左胸に手を当てた大統領夫妻と並んで立った天皇陛下とかたわらの皇后陛下の姿が映し出される。

「両陛下と大統領夫妻が、両国の国旗の前に立つ中、それぞれの国歌が演奏されました」

女性キャスターの声を聞きながら、古川常雄と裕太は画面に見入る。

国歌演奏のあと、天皇皇后両陛下は出迎えの人々と懇談し、空港をあとにする。

子どもたちが日の丸と青地に黄色い丸のパラオ国旗の小旗を振り、ビキニに腰蓑(こしみの)という民族衣装姿の可愛らしい小学生の女の子が歩み出て、皇后陛下に花束を手渡した。

「気に入ってくれとるとええけど」

「大丈夫でしょう。ええ生地に仕上げましたから」

天皇陛下のスーツの生地は、天皇陛下の服を仕立てている東京のデザイン事務所を通じて注文があったものだ。パラオ訪問用に、通気性、弾力性、光沢があり、涼感もある夏素材の生地を作ってほしいという依頼だった。古川毛織工業ではいろいろ検討し、経(たて)糸(いと)は太いウールに細いシルクを巻き付け、太さの差で生まれる間隙(かんげき)による通気性と良質原料による光沢を持たせ、緯糸(よこいと)にはキッドモヘア（生後一年未満のアンゴラ山羊(やぎ)の毛）

を使用し、しなやかな張りと光沢を生み出した。

「さて、じゃあそろそろ仕事に戻ろまいか（戻ろうか）」

二人は湯飲み茶わんを茶托に戻し、立ち上がった。

古川毛織工業の製品は、高級生地としての評判が定着し、コンスタントに注文が入るようになっていた。外国の一流アパレル・メーカーのほか、日本の皇族、有名俳優、男性グループアイドル、お笑いタレント、著名実業家などが愛用者になり、自分たちが織った生地をテレビ画面で見ることも少なくない。最近はものづくりを志す若者の就職希望も多く、従業員数は二十四人に増え、工場内では若い社員たちが飛び回っている。


同じ頃——

神田東松下町に建つ真新しい十四階建てのオフィスビル、「オリエント池田ビル」の一室で、年輩の女性と壮年の男性が、椅子の上に乗り、台座を含めて高さ二メートル近くある男性の銅像を磨いていた。

「……だいぶきれいになったわね。お父さんもきっと喜んでるわ」

七十代半ばの女性が、乾拭き用の雑巾を手にいい、そばで一緒に銅像を磨いていた男性が微笑した。

女性は、池田定六の娘である。亡くなった夫の池田文男は、田谷毅一より一歳年上で、オリエント・レディの副社長を務めた。

壮年の男性は、二人の長男で、サラリーマンをやりながら、都内数ヶ所にある池田家のオフィスビルを管理している。全電通労働会館での株主総会の際、村上ファンドに勝った田谷毅一に呼ばれ、白々しい感謝の言葉をかけられた男性だ。

「やっぱり時々、きれいに拭(ふ)かないと駄目だね」

二人が磨いていたのは、かつてオリエント・レディ本社ロビーに飾られていた、池田定六の胸像であった。オリエントKANSAIホールディングスの経営権がKANSAIクリエーションに移り、大幅な社内改革が行われた際に、遺族に返還された。

室内の壁には、「春風をもって人に接し　秋霜をもって自ら慎む　よく汝の店を守れ　店は汝を守らん　信用は信用を生む」という墨書(すみがき)の額が掛かっている。

眼鏡をかけた池田定六の銅像は、生真面目な性格がよく表れており、時の流れを見据えるように、じっと前を見つめていた。その眼差しの高さは、生前の志そのままだった。

主要参考文献

『赤い鳥翔んだ　鈴木すずと父三重吉』脇坂るみ著、小峰書店、二〇〇七年八月
『アメリカの大学　アメリカのブックストア』大学生協連書籍部編、全国大学生活協同組合連合会、一九八七年十二月
『1秒でわかる！　アパレル業界ハンドブック』佐山周、大枝一郎著、東洋経済新報社、二〇一一年十月
『一勝九敗』柳井正著、新潮文庫、二〇一三年六月
『伊藤雅俊の商いのこころ』伊藤雅俊著、日本経済新聞社、二〇〇三年十二月
『樫山純三　走れオンワード　事業と競馬に賭けた50年』樫山純三著、日本図書センター、一九九八年八月
『株式上場』三上太郎著、講談社文庫、一九九三年一月
『ケースブック国際経営』吉原英樹、板垣博、諸上茂登編、有斐閣、二〇〇九年三月
『ザ・ラストバンカー　西川善文回顧録』西川善文著、講談社、二〇一一年十一月
『実録　総会屋』小川薫著、ぴいぷる社、二〇〇三年十一月
『新版　アパレルマーチャンダイザー』山村貴敬著、繊研新聞社、二〇〇七年七月
『新装改訂版　日本のファッション　明治・大正・昭和・平成』城一夫、渡辺明日香、渡辺

直樹著、青幻舎、二〇一四年三月
『生涯投資家』村上世彰著、文藝春秋、二〇一七年六月
『誠実　住本保吉六十五年の軌跡』国米家已三著、財団法人住本育英会、一九九二年八月
『増補　戦後ファッションストーリー　1945－2000』千村典生著、平凡社、二〇〇一年十一月
『誰がアパレルを殺すのか』杉原淳一、染原睦美著、日経BP社、二〇一七年五月
『テキスタイルと私』鈴木倉市郎著、鈴倉織物、一九七八年一月
『東京スタイル50年史』東京スタイル社史編纂委員会編、東京スタイル、二〇〇〇年三月
『ドキュメント　総会屋』小野田修二著、大陸書房、一九八一年三月
『トリックスター　「村上ファンド」4444億円の闇』『週刊東洋経済』村上ファンド特別取材班　山田雄一郎、山田雄大著、東洋経済新報社、二〇〇六年八月
『なんとなく、クリスタル』田中康夫著、新潮文庫、二〇〇二年十月
『東と西のカレッジストア』大学生協連書籍部編、全国大学生活協同組合連合会、一九八八年十二月
『ヒルズ黙示録　検証・ライブドア』大鹿靖明著、朝日新聞社、二〇〇六年五月
『ヒルズ黙示録・最終章』大鹿靖明著、朝日新書、二〇〇六年十一月
『ファストファッション戦争』川嶋幸太郎著、産経新聞出版、二〇〇九年十二月
『プロジェクトX挑戦者たち28　次代への胎動』NHKプロジェクトX制作班編、日本放送

出版協会、二〇〇五年八月
『変化対応　あくなき創造への挑戦　1920－2006』イトーヨーカ堂編纂、イトーヨーカ堂、二〇〇七年二月
『滅びゆく日本』村上世彰著、一九八九年（未刊行）
『レナウン商法・オンワード商法』椎塚武著、日本実業出版社、一九七八年九月
『私の歩んだ人生　鈴木倉市郎』鈴木倉市郎著、日本繊維新聞社、一九九〇年七月
『SANEI INTERNATIONAL 1949－2003』サンエー・インターナショナル社史製作委員会、サンエー・インターナショナル、二〇〇三年十月
『SANYO DNA　三陽商会60年史』住友和子、石本君代、須知眞知子編、三陽商会、二〇〇四年六月
『World 50th anniversary book』ワールド50周年記念誌編纂事務局編、ワールド、二〇〇九年十月
・その他、各種論文、新聞・雑誌・インターネットサイトの記事・動画・データ、企業の有価証券報告書・年次報告書・社史などを参考にしました。
・書籍の年月日は使用した版の発行年月日です。

解　説

林　芳　樹

二〇二三年八月三十一日、強い日差しが照りつける東京・池袋で声をからす集団の姿があった。

「池袋に百貨店を残そう!」

大手百貨店、そごう・西武の労働組合員約三百人である。親会社セブン&アイ・ホールディングスが、そごう・西武を米投資会社フォートレス・インベストメント・グループに売却する方針に異議を唱え、百貨店として六十一年ぶりのストライキに踏み切ったのだ。臨時休業でシャッターの下りた西武池袋本店の前で通行人にビラを配り、百貨店の存在意義を訴えた。だが抵抗むなしく、その日のうちに売却は決議された。

フォートレスは家電量販店大手ヨドバシホールディングスと提携。ストの争点は、そごう・西武の稼ぎ頭である西武池袋本店の半分にヨドバシカメラを入れる改装計画だった。「ルイ・ヴィトン」など高級ブランドの多くは存続させるものの、最大の面積を占めるアパレルは大幅に減らす。事実上のテナントビル化だ。大量の人員削減は避けられないし、百貨店業態としての存続は危うくなる。

西武池袋本店は一九八〇年代から九〇年代に日本一の売上高を誇った百貨店だ。一世を風靡したセゾングループの総本山であり、流行の発信基地だった。往年の勢いはないにせよ、二〇二二年時点でも売上高は全国三位。それがあっけなく落城し、家電量販店に一等地を明け渡す。栄枯盛衰を感じずにはいられない。

服に流行はつきものだが、アパレルメーカーや小売店も生々流転を繰り返す。移り気な消費者と時代の空気を先取りし、柔軟に変化した企業だけが生き残る。黒木亮氏の『アパレル興亡』は、そんなアパレル業界の栄枯盛衰を八十年以上にわたる長尺で描いた大作である。私たちが毎日着ている服。その産業はどんな歴史をへて今の姿になったのか。どんな人間が作り上げてきたのか。

主人公のモデルは婦人服メーカー、東京スタイルの中興の祖・高野義雄氏（作中では「オリエント・レディ」の「田谷毅一」）だ。三十年にわたって東証一部上場企業を率いた。〇二年、村上ファンドとの委任状争いで世間の注目を集めたのを記憶する人もいるだろう。日本において「会社は誰のものか」という株式会社の本質を問う議論のきっかけになった。当時、黒木氏は村上氏や株主総会を取材し、高野氏に興味を持ったという。

確かに戦後アパレル史をたどる物語の主人公に、高野氏ほどの適任者はいない。既製服メーカーが「つぶし屋」と呼ばれていた時代から、高度経済成長と百貨店アパレルの発展、バブルの絶頂と崩壊、カテゴリーキラーやEC(ネット通販)の台頭、そして百貨店アパレルの凋落まで、彼の生涯は戦後アパレル史を一人で体現しているのだから。

物語は、高野氏と東京スタイルをモデルにした田谷とオリエント・レディの歩みを経糸に、百貨店の売り場担当、商社マン、テキスタイルの工場主らの仕事を緯糸にして織り込まれていく。オリエント・レディなど一部を除き、レナウン、オンワード樫山、ワールド、三陽商会、三越、伊勢丹、東レ、帝人、ユニクロ、青山商事、ZOZOといった企業が実名で登場し、生々しいビジネスのやり取りが繰り広げられる。

アパレル業界に華やかなイメージを持つ読者は多いかもしれないが、本作の登場人物は総じて体育会系である。特に高度成長期は、強引で馬力のある営業マンが百貨店の中の一等地を確保し、それが売り上げに直結した。山梨県の貧しい農家の生まれで、誰よりも負けん気が強い田谷はそんな世界で頭角をあらわし、クーデターのような形で創業者を追い落とし、社長の座に就いて長期政権を築く。

私は一九九〇年代末からファッション業界紙の記者になり、アパレルメーカーや小売店を取材してきた。東京スタイルはエレガントな婦人服の会社なのに社風は全く違った。まるで軍隊のような会社だった。絶対的なワンマン社長のもと、濃紺のスーツを着た男たちが鉄の結束で動く。ショールームでの取材中、それまでフランクに会話していた担当者が、ふらりと現れた高野氏を前に態度を一変させ、直立不動の緊張した面持ちで受け答えする光景に何度か出くわした。恐怖政治だけで人心掌握はできない。強面(こわもて)だが、人情家で面倒見がいいという評判もよく聞いた。尊敬している社員も多かった。

本作の登場人物も泥臭いエネルギーに満ちている。印象的なのがオリエント・レディの新人営業マン・堀川と、伊勢丹新宿店の鬼バイヤー・湊谷の挿話だ。年間で最大の稼ぎ時であるコート商戦で、堀川は手違いから約束の商品を納品できなくなった。

「申し訳ございません！」

堀川は涙で濡(ぬ)れた顔で、頭を下げ続けるしかない。

オリエント・レディは冬物のコートには定評があり、冬物だけならバーバリーを擁する三陽商会に負けていない。

「お前んとこは、もう取引停止だ！」

堀川は上司の課長に辞表を預けつつ、穴埋めをしようと必死に方法を探る。その後、責任をとって退職の挨拶に来た堀川を伊勢丹の湊谷は引き止める。

「これやるから」

湊谷が注文伝票を一冊差し出した。

受け取って見ると、まったくの白地で、湊谷の印鑑だけが捺してあった。

（な、なんだ、これは!?）

伊勢丹は注文伝票に細かく記載し、一枚一枚渡すのが普通だ。

「それやるから、お前が好きなように書いて納品しろ」

私が一番好きな場面だ。おそらく黒木氏が関係者に取材を重ねていく中で出合った証言なのだろう。アクの強い田谷の物語にあって、現場で働く人の厳しさと真剣さが胸を打つ。ただ物語の本当の修羅場は〝物言う株主〟こと村上ファンドとの対決である。ここでは村上世彰氏らが実名で登場し、ヒリヒリする応酬が繰り広げられる。

現実の東京スタイルと高野氏は村上ファンドとの委任状争いに勝利したものの、本業は低迷する。高野氏が〇九年に亡くなって二年後、東京スタイルはサンエー・インターナショナル（作中では「ＫＡＮＳＡＩクリエーション」）と経営統合する。現在のＴＳＩホールディングスだ。ワールド、オンワードホールディングスに次ぐ規模のアパレルグループとして華々しいスタートを切るが、不採算事業の整理を繰り返すことになる。ＴＳＩの事業会社となった東京スタイルのブランドも次々に廃止され、一九年三月には存在するブランドはゼロとなり、休眠会社になる。高野氏が築き上げたブランド資産はあっけなく消滅した。

高野氏の死は一つの時代の区切りだったのかもしれない。〇八年のリーマンショック以降、全国で百貨店の閉店が加速した。百貨店を取引先にするオンワード、ワールド、三陽商会、イトキンといった老舗も大規模な人員削減や店舗整理に追い込まれた。

簡単にアパレル業界のこの三十年の変化を説明しよう。国内アパレル市場規模は一九九一年の約一四・七兆円をピークに縮小し始め、二〇一〇年代には十兆円台で推移するようになった（矢野経済研究所調べ）。一方で人件費の安い中国や東南アジアで大量生産する手法が広まったため、国内供給量は九一年の二一・五億点から一〇年代は四〇億点前後になった（日本繊維輸入組合調べ）。市場規模が三分の二になったのに、供給量は二倍に膨らんだ。衣服一枚あたりの価格は九〇年の六八四八円に対し、二〇年は二八九二円と半分以下（総務省「家計調査」）。アパレル産業はデフレの波に飲まれた。衣料品の国産比率は九〇年に五〇・一％だったのが、二二年は一・五％に下がった（日本繊維輸入組合調べ）。国内の縫製業は風前の灯（ともしび）である。

二〇〇〇年施行の大店立地法による規制緩和で全国に急増した大型ショッピングセンターが受け皿になり、過剰供給に拍車がかかる。安くなっても消費者が購入する服の枚数はそれほど伸びない。店頭では売れ残りの値引き販売が常態化し、消費者も定価では買わなくなる悪循環が進み、企業の収益を圧迫していく。メディアでも「アパレルの苦境」が盛んに報じられるようになった。

『アパレル興亡』の単行本は二〇二〇年二月に刊行された。すぐ後の四月には新型コロナウイルスによる緊急事態宣言が発令され、百貨店などが長期休業を強いられた。五月にはかつてのアパレル最大手で、長く低迷が続いていたレナウンがコロナにとどめを刺される格好で経営破綻した。アパレル業界にとって未曽有の危機の中、本書は多くのアパレル関係者に読まれた。いつも先へ先へと走ってきたアパレル関係者が一旦立ち止まって、産業のこれまでの歩みを検証するタイミングだったのかもしれない。

「興亡」とは、興る（起こる）ことと亡びる（滅びる）こと。本書の単行本が刊行されてから四年、アパレル業界の勢力図はこの間も更新され続ける。

作中で二十歳の田谷がメリヤスを自転車に積み、北千住の木造二階建ての羊華堂に納品する場面がある。田谷をねぎらう店主は伊藤雅俊氏、羊華堂はのちのイトーヨーカ堂である。伊藤氏は約半世紀後、村上ファンドとの仲介役としても登場する。ヨーカ堂は総合スーパーに発展し、セブン-イレブンを日本に導入してコンビニ文化を作った。現在は持ち株会社セブン＆アイ・ホールディングスの事業会社である。

そのヨーカ堂が創業以来の経営危機に直面している。現時点（二四年三月）で祖業である衣料品事業からの撤退を打ち出し、大幅な店舗削減の最中だ。冒頭に紹介したそごう・西武の売却とともに、セブン＆アイにとって赤字続きのヨーカ堂は悩みの種になっていた。二三年三月に伊藤氏が九十八歳で死去した後、リストラを加速している。

一方、ユニクロは大きく躍進する。本書は、ユニクロが二〇一〇年五月に中国・上海に旗艦店を開く場面で幕を開ける。次のような記述がある。〈ファーストリテイリング（ユニクロ）の今年（平成二十二年）八月期の売上げは八千百億円程度の見込みで、ZARAのインディテックス（スペイン、約二兆円）、GAP（米、約一・九兆円）、H&M（スウェーデン）、ザ・リミテッド（米）に次いで、世界第五位である〉。

十四年後の今年、ファーストリテイリングの二四年八月期の売上高の見通しは三兆五百億円。数年前に海外売上高が国内を逆転した。国内二位のしまむらの六千百六十一億円（二三年二月期）に大差をつける。多くのアパレルの経営者が国内で売ることしか考えてこなかったのに対して、ファーストリテイリング社長の柳井正氏は当初から世界で売るための普遍性を追求してきた。すでにザ・リミテッドとGAPを抜き去り、世界三位となった。今や二位のH&Mにも肉薄し、いずれは先頭を走るZARAを抜いて世界一になることが柳井氏の野望だ。

日本のアパレル産業は、戦後の高度経済成長で生まれた中間層の消費で発展を遂げた。同様に今、中国や東南アジア、南アジアが経済発展の坂を上っており、豊かな中間層が億単位で増えている。ここを目掛けて、世界中のプレイヤーがしのぎを削る時代に入ったのだ。世界市場を舞台にアパレルの興亡は続く。

（はやし・よしき　WWDJAPAN記者）

集英社文庫

アパレル興亡（こうぼう） 下（げ）

2024年5月30日　第1刷　　定価はカバーに表示してあります。

著　者　黒木（くろき） 亮（りょう）
発行者　樋口尚也
発行所　株式会社 集英社
東京都千代田区一ツ橋2-5-10　〒101-8050
電話　【編集部】03-3230-6095
【読者係】03-3230-6080
【販売部】03-3230-6393（書店専用）
印　刷　株式会社広済堂ネクスト
製　本　株式会社広済堂ネクスト

フォーマットデザイン　アリヤマデザインストア　　マークデザイン　居山浩二

ISBN978-4-08-744649-4 C0193